Laura Haussener ▪ Alles, was das Leben ist

Laura Haussener

Alles, was das Leben ist

Die Geschichte einer einzigartigen Reise

Roman

Neptun Verlag

Rathausgasse 30
CH-3011 Bern/Schweiz

Umschlagsidee: Laura Haussener
Umschlagsgestaltung: Giessform Bern
Satz und Druck: AZ Druck und Datentechnik GmbH, Kempten

ISBN 978-3-85820-350-2

Auch als E-Book lieferbar: ISBN 978-3-85820-357-1

Unser gesamtes Verlagsprogramm finden Sie unter
www.neptunverlag.ch

Für Marc,
den hellsten Stern an meinem Nachthimmel

Über dieses Buch

Dieses Buch ist eine Herzensangelegenheit. Ich habe über viele Jahre immer wieder daran geschrieben – mal intensiver, mal sind die Entwürfe monatelang nicht angerührt worden. Und doch sind mir über die Zeit die beiden Protagonisten sehr ans Herz gewachsen, so dass ich irgendwann den Entschluss gefasst habe, dass ich dieses Buch, diese Geschichte fertig schreiben *muss*. Diese Geschichte hat es verdient, abgeschlossen zu werden – auch wenn sie eigentlich nie wirklich fertig ist. Man könnte sie immer wieder weiterführen, anpassen, ja ein Leben lang daran weiterschreiben. Weil es eben genau darum geht – das Leben. Vielleicht hatte ich deshalb meine liebe Mühe damit, ein würdiges Ende zu finden für die Geschichte von Noah und Edward.

Es sind unzählige Texte, Gedichte und Gedanken der letzten Jahre in diese Geschichte eingeflossen. Es war mein Ziel, dass möglichst viel davon hier auf irgendeine Weise ihren Platz finden – eingeflochten in die Geschichte oder als einzelner, für sich stehender Text.

Dabei ist mir immer wieder bewusst geworden, dass in all diesen Erzählungen, Dialogen und Gedankengängen unglaublich viel von mir selbst steckt. Meine Fragen, meine Antworten, meine Überzeugungen. Meine Emotionen, meine Herausforderungen, meine Erkenntnisse über dieses unglaubliche Abenteuer *Leben*. Die niemals allgemeine Gültigkeit beanspruchen, sondern immer nur meine ganz eigene

Wahrheit darstellen. Und diese Wahrheit hat sich über all die Jahre, in denen ich an diesem Buch geschrieben habe, auch immer wieder gewandelt.

Deshalb braucht die Veröffentlichung dieser Geschichte sehr viel mehr Mut, als ich mir je vorgestellt hätte.

Aber irgendwann habe ich begriffen, dass es bei dieser Geschichte für mich gar nicht so sehr darum geht, dass sie gelesen wird. Sondern darum, dass ich sie geschrieben habe.

Und doch wünsche ich mir und hoffe natürlich auch, dass beim Lesen dem einen oder der anderen eine Saite im Herzen anklingt. Dass vielleicht eine Frage aufgeworfen wird oder eine unerwartete Antwort daherkommt. Diese Geschichte kann nur mit offenem Herzen gelesen werden, weil sie genau so geschrieben wurde.

Ich danke all den lieben Menschen in meinem Leben, die mich in meinem Schreiben auf irgendeine Weise unterstützt haben.

Dieses Leben ist zurückhaltend und überschwänglich
Es ist Aufbruch und Ankunft, Flucht und Angriff
Es ist jung, ungeduldig und auf dem Weg
ist alt, weise und vollendet
Es ist bedächtiges Wandern
Und gehetztes Laufen
Dieses Leben ist geballte Natur und unbändige Kraft
Es ist zärtliche Berührung und liebevolle Güte
es flutet, stürmt und schreit
es wiegt, führt und trägt
Es ist Hingabe und Leidenschaft
es ist besonnen und ruhig
Dieses Leben ist schweren Herzens und leichten Schrittes
Guten Mutes
aber manchmal auch schwer zu tragen
Es ist Sehnsucht und Heimweh
es ist aufblühender Frühling
und sterbender Herbst
es ist roh und wild
aber auch behutsam und sanft
vergänglich und doch ewig
Es ist Alles.

I Wo alles beginnt

Einatmen
Luftholen
Festhalten

Mut fassen
die Augen schliessen
das Herz öffnen

Ausatmen
Loslassen
Aufbrechen

Edward öffnete die Augen. Er blinzelte ein paar Mal, bis sich seine Augen an das Licht gewöhnt hatten, und sah sich um. Er sass auf der Holzbank einer verlotterten Bushaltestelle an einer Landstrasse, die in Richtung Süden in eine Wüste zu führen schien, in die andere Richtung in ein entferntes kleines Dorf. Er hob den Blick. Der Himmel war grau und wolkenverhangen. Es würde bald anfangen zu regnen. Das würde der staubigen Luft guttun.

Edward lächelte zufrieden.

«Hier bin ich also», sagte er leise zu sich selbst. Er wusste nicht genau, wie er hierhergekommen war. Gerade eben hatte er noch in seinem Bett gelegen, müde und sich gefragt, wie oft er wohl noch einschlafen müsste, bis er nicht mehr aufwachen würde. Und nun war er hier.

Etwas wehmütig seufzte er und fuhr sich durch die grauen Haare. Seine verbliebenen Freunde und seine Familie würden nun bestimmt sehr traurig sein, auch wenn er ihnen oft gesagt hatte, dass er das nicht wollte. Er sah Enyd vor sich, seine Pflegerin, wie sie ihn in seinem Bett fand und die Hände vors Gesicht schlug. Wie sie seine kalte Hand nahm und ihre Tränen auf das Bettlaken fielen. Wen würde sie zuerst anrufen?

Diese Gedanken machten sein Herz schwer und trübten seine Freude, hier zu sein, ein bisschen.

«Guten Tag!»

Er hatte den kleinen Jungen, der neben ihm auf der Bank sass, gar nicht bemerkt. Dennoch erschrak Edward nicht, als dieser mit seiner Begrüssung die staubige Stille durchbrach – er wusste, dass er nicht allein unterwegs sein würde. Er wandte sich ihm zu und lächelte freundlich.

«Hallo, Kleiner. Ich bin Edward. Und du?»

Der Junge blinzelte ins trübe Licht. Er hatte braunes, lockiges Haar und ebenso braune, grosse Augen. Er trug ein weisses, kurzärmliges Shirt und kurze, grüne Hosen, die ihm ein bisschen zu gross waren.

«Noah, glaube ich.»

«Noah, glaubst du! Na schön, Noah-glaubst-du, was tut denn ein kleiner Junge wie du an dieser verlassenen Haltestelle? Wo willst du hin?»

Noah schien ein bisschen verwirrt. Er sah sich um und schien sich zu überlegen, wo er denn hinwollen könnte.

«Ich weiss nicht so genau. Ich weiss nicht, wo ich hinwill, oder wo ich hinmuss. Ich kann mich nicht erinnern.»

Edward lächelte.

«Das macht nichts, Noah. Ich werde auf jeden Fall mitkommen, dahin, wo du hinwillst.»

«Ehrlich?», fragte Noah erstaunt.

«Ehrlich! Deine erste Reise wird meine letzte sein. Ich glaube, das wird ganz spannend werden mit uns zwei.»

Noah holte Luft, um zu antworten, doch in diesem Moment hielt vor ihnen ein grosses Gefährt mit quietschenden Reifen. Die Vollbremsung wirbelte viel Staub auf und die beiden mussten einen Moment warten, bis sie überhaupt sehen konnten, was das war. Es war ein ziemlich alter, gelber Schulbus.

Die Türen sprangen auf.

«Was meinst du, wollen wir einsteigen und irgendwo hinfahren?», fragte Edward. Der Junge runzelte die Stirn und schien sich der Sache noch nicht ganz sicher zu sein. Doch schliesslich sagte er zögerlich: «Naja, warum nicht?»

Und so stiegen Noah und Edward in den Bus – und eine Reise begann, wie sie einzigartiger nicht sein konnte.

Der alte Schulbus fuhr mit knatterndem Motor los. Noah und Edward waren allein, es gab keine anderen Fahrgäste. Die mit braunem Leder überzogenen Sitze waren in die Jahre gekommen und sahen etwas schmuddelig aus. Sie waren alle leer. Die beiden setzten sich in der Mitte auf eine Bank. Noah wollte natürlich am Fenster sitzen. Der Fahrer war kaum zu erkennen, doch er war offensichtlich recht dick, trug eine Uniform und eine blaue Mütze und hatte ihnen beim Einsteigen kurz zugenickt. Am Rückspiegel baumelte ein kleines Schild:

2 Wohin du auch gehst, geh mit deinem ganzen Herzen

Freiheit, Mensch, ist eine Wahl
die du triffst für dich allein
Es ist kein Los und kein Schicksal
es ist eine Entscheidung, dich zu sein.

Noah betrachtete das Schild.

«Was steht da?», fragte er.

Edward las ihm den Spruch vor: «Wohin du auch gehst, geh mit deinem ganzen Herzen.»

«Das klingt fast so, als wäre unser Busfahrer ein Dichter!»

«Oh, ich glaube, der Spruch stammt nicht ihm. Wenn ich mich recht erinnere, hat ein alter Chinese das mal gesagt.»

«Ein alter Chinese? Und wieso hängt in unserem Bus ein Schild von einem alten Chinesen?»

«Naja, die Aussage ist wohl ziemlich passend für unsere Reise, kleiner Noah! Und passende Worte kann man überall auf der Welt immer wieder finden, egal woher sie kommen.»

Der Junge sah Edward fragend an. «Wo geht denn unsere Reise hin? Wohin bringt uns der Bus?»

Edward drehte sich zu ihm und meinte vielsagend: «Nun, ich denke das entscheidest wohl du.»

Der Junge machte grosse Augen und rief aus: «Aber ich weiss doch nicht, wohin der Bus uns bringen soll! Woher soll ich das wissen? Ich war doch noch nie hier, ich weiss nicht einmal genau, wie ich hierhergekommen bin!»

«Keine Angst, kleiner Mann. Du kannst nichts falsch machen. Egal, wo uns der Bus hinbringt, es wird der richtige Ort sein. Denk daran, was auf dem Schild steht: Es spielt keine Rolle, wohin du gehst. Du musst nur mit ganzem Herzen dabei sein, dann kann der Weg nur richtig sein.»

«Und wo wird uns dieser Weg hinführen?»

«Das weiss ich auch noch nicht genau. Aber ich habe so ein Gefühl, dass es gar nicht so sehr darum geht, wo wir am

Ende hingelangen, sondern darum, was wir unterwegs alles erleben.»

Noah schaute zum Fenster hinaus. Sie fuhren noch immer durch eine ziemlich öde und trockene Wüstenlandschaft, der Bus hinterliess eine wirbelnde Staubwolke.

«Ich glaube, hier erleben wir nicht allzu viel. Da gibt's ja nur Staub und Sand und Steine. So abenteuerlich sieht das nicht aus», stellte er etwas enttäuscht fest.

«Stimmt. Also, wie müsste es denn aussehen, damit du den Bus gern anhalten und aussteigen würdest?»

Noah überlegte kurz und schaukelte mit seinen Beinen, die zu kurz waren, um bis zum Boden zu reichen.

«Grüner!», sagte er schliesslich. «Grüner und nicht so staubig.»

Edward setzte wieder sein vielsagendes Lächeln auf, faltete die Hände vor seinem Bauch und schaute in die Ferne.

«Nun, ich glaube, dann wird uns der Bus sicher bald in eine grünere Region bringen. Wenn es dich nicht stört, mache ich derweil ein kleines Nickerchen. Busfahren macht mich immer etwas schläfrig. Du entschuldigst mich, ja?»

Noah schaute ihn ein bisschen irritiert an. «Du kannst doch jetzt nicht schlafen! Ich habe noch ganz viele Fragen!»

«Oh, du wirst genug Zeit haben, um all deine Fragen zu stellen, Noah. So viel Zeit …», murmelte Edward mit geschlossenen Augen und war kurz darauf bereits weggedöst.

Noah schaute seufzend aus dem Fenster. Das gleichmässige Ruckeln des Busses machte auch ihn etwas müde. Doch das leise Schnarchen seines Sitznachbarn hinderte ihn am

Einschlafen. Er lehnte den Kopf an die Fensterscheibe und beobachtete, wie die karge Landschaft an ihnen vorbeizog. Er hatte so viele Fragen. Wo würde diese Reise wohl hinführen? Und wer war Edward, dieser grauhaarige Mann, der ihm Gesellschaft leistete? Er wollte unbedingt mehr über seinen Begleiter erfahren.

Ein plötzliches Holpern weckte Edward unsanft aus seinem Schläfchen. Der Bus war durch ein Schlagloch gefahren. Er sah sich gähnend um. Einen Moment lang wusste er nicht, wo er war – bis vor kurzem hatte er noch in seinem alten Haus auf dem Land in seinem Bett gelegen und war furchtbar müde gewesen. Und nun sass er in einem Schulbus, der in unbekannte Richtung fuhr, und neben ihm sass der kleine Noah, der mit der Nase an der Fensterscheibe klebte und mit den Beinen wippte.

Edward atmete tief ein und erinnerte sich: Ich bin wieder unterwegs, dachte er glücklich. Er schaute aus dem Fenster und staunte nicht schlecht: Die Landschaft hatte sich gewandelt. Statt durch trockenes Ödland fuhren sie nun durch eine hügelige Gegend mit saftig grünen Wiesen. Wie lange er wohl geschlafen hatte?

«Na, mein Junge, wie gefällt dir die Aussicht?»

Noah fuhr herum und strahlte ihn an.

«Du bist wach! Endlich! Wie kann man nur so schnarchen! Schau mal, wo wir sind. Hier gefällt es mir viel besser. Zum Glück haben wir die Wüste hinter uns gelassen.»

«Würdest du nun gern ein bisschen die Umgebung erkunden?», fragte Edward erwartungsvoll.

Noah nickte. «Ich glaube schon. Hier sieht es wirklich schön aus.»

Mit einem lauten Quietschen hielt der Bus und die eingerosteten Türen sprangen auf. Verdutzt blickte Noah nach vorn zum Busfahrer, der im Rückspiegel sein breites Lachen offenbarte.

«Halt auf Verlangen», rief er fröhlich.

«Heisst das, wir steigen hier aus?»

«Möchtest du denn aussteigen?»

Noah dachte kurz nach und meinte dann: «Ja, ich glaube, ich will aussteigen.»

Edward nickte zufrieden. «Gut.»

Sie traten aus dem Bus und beide streckten sich nach der langen Fahrt. Die alten Sitze waren nicht gerade bequem gewesen. Die Luft war nicht mehr staubig und trocken, sondern frisch, und es wehte eine sanfte Brise.

Noah drehte sich um und sah, wie sich die Türen des Schulbusses schlossen. Der Fahrer winkte ihnen munter zu, bevor er den Gang einlegte und mit seinem alten Gefährt davonbrauste. Edward hob die Hand zum Abschied und wirkte genauso fröhlich wie der Chauffeur.

«Und jetzt?», fragte der kleine Junge etwas unsicher.

«Jetzt schauen wir mal, wo es uns hinverschlägt auf unserem gemeinsamen Weg», antwortete der Alte gut gelaunt.

Noah musterte seinen Begleiter. Edward war ein grossgewachsener Mann, trotz seines wohl hohen Alters hatte er nur wenige Falten im Gesicht und ergrautes, aber volles Haar. Seine Augen waren wasserblau und strahlten auch nach einem ganzen gelebten Leben noch voller Kraft. Er hatte grosse Hände, das war Noah sofort aufgefallen, trug ein blau-weiss gestreiftes Hemd, eine braune Stoffhose und hatte einen ziemlich verschlissenen Rucksack, der etwa gleich alt zu sein schien, wie er selbst.

«Weisst du denn, wo wir hingehen?»

Der Alte sah ihn an und in seinen Augen lag ein Ausdruck, den Noah nicht recht deuten konnte.

«Ich weiss nicht genau, wo uns der Weg hinführt, Kleiner. Das habe ich dir schon gesagt. Es ist am besten, wenn man unterwegs immer aufmerksam bleibt, was der Weg einen lehren könnte, dann kommt man ganz sicher an sein Ziel.»

«Du sprichst in Rätseln, Edward.»

Der Alte schmunzelte vergnügt.

«Du wirst sehen, das macht das Ganze umso spannender!»

Und so marschierten die beiden los.

Der Weg schlängelte sich durch die hügelige Landschaft. Mal ging es ein wenig bergauf, mal ein wenig bergab. Mal säumten ein paar Bäume den Wegesrand, mal gab es rund um sie herum nur grüne Wiesen mit ein paar Wildblumen.

Eine ganze Weile sagte keiner etwas, sie gingen schweigend nebeneinander her. Der kleine Noah lief voraus, Edward folgte ihm mit ein paar Schritten Abstand. Er betrachtete den Jungen und hing seinen Gedanken nach.

Was er ihm wohl alles mitgeben konnte auf seinen Weg? Ob er seine Sache gut machen würde? Tausend Gedanken schwirrten in seinem Kopf herum. Aber die meiste Zeit dachte er an die Menschen in seinem Leben, die vor ihm gegangen waren. Ob er sie nun bald wiedertreffen würde? Wie es wohl für ihn weitergehen würde, nun, da er die alte Welt hinter sich gelassen hatte?

Er ertappte sich dabei, wie er angestrengt die Stirn runzelte, und strich sich übers Gesicht, als wollte er die Falten wegwischen.

«Na komm», sagte er zu sich selbst, «in deinem Alter kann dich ja wohl nichts mehr aus der Ruhe bringen», und er lachte leise über sich selbst.

«Was sagst du?»

«Ach nichts, ich habe nur gerade mit mir selbst gesprochen.»

«Na sowas! Und was hattest du dir zu sagen?»

«Dass ich meine Sache schon gut machen werde.»

«Was für eine Sache?»

«Dein Begleiter zu sein!»

Noah blieb stehen.

«Wohin begleitest du mich denn?»

«Wohin du auch willst, kleiner Noah. Wir werden das schon zusammen herausfinden. Findest du nicht auch, dass das eine recht interessante Sache werden könnte mit uns beiden?»

Noah zog die Augenbrauen hoch und dachte einen Moment nach. Dann zuckte er mit den Schultern und meinte:

«Ja, interessant wird es bestimmt mit uns. Wir sind ja ziemlich verschieden, du und ich.»

«Vielleicht sind wir uns ähnlicher, als wir meinen.» «Aber zwischen uns liegt doch ein ganzes Leben, Edward.»

«Das stimmt. Das Schöne an unserem gemeinsamen Weg ist aber, dass wir alle Zeit der Welt haben, damit du mich alles fragen kannst, was du über das Leben wissen willst. Ich werde dir alles erzählen, was ich weiss, und vielleicht hilfst du mir ja auch dabei, noch ein paar Antworten auf meine Fragen zu finden.»

«Du hast noch Fragen zum Leben?», staunte Noah.

«Oh ja. Aber ich habe in all den vielen Jahren gelernt, auch mal mit einer ungelösten Frage zu leben. Ein bekannter Dichter hat mal gesagt, dass man die Fragen liebhaben muss, und irgendwann, eines Tages, lebt man vielleicht in die Antwort hinein. Das klingt doch gut, nicht? Ich war in meinem Leben oftmals froh, dass es Menschen gab, die solche Gedanken in schönen Worten ausdrücken können. Man fühlt sich dann irgendwie verstanden.»

Noahs Blick schweifte über die grünen Hügel.

«Ja, das klingt schön. Aber ich, Edward, ich will alles wissen. Du musst mir alles erzählen, was du weisst! Versprochen?»

«Versprochen, Noah. Alles. Alles über das Leben.»

Zufrieden drehte Noah sich um und ging weiter.

3 Wie man sich findet

Die grösste Weisheit
finden wir doch immer
auf unseren Umwegen
Immer dort,
wo wir eigentlich gar nie hinwollten
immer dort
wo wir nicht mehr weiterwissen
Genau dort
wachsen wir über uns hinaus
finden neue Wege
finden unseren Weg

Nach diesem ersten Gespräch schwiegen die beiden eine Weile. Das lag aber vor allem daran, dass Noah in seiner kindlichen Neugier wie ein junges Reh über den Weg hüpfte, hin und her, jeden Baum zu erklettern versuchend und auf jeden Hügel rennend, um als Erster zu sehen, was sich dahinter verbarg, dann zurück zu Edward. Bis er schliesslich völlig ausser Atem war und sich keuchend die Seiten hielt.

«Ich glaube, ich brauche eine kurze Pause», schnaufte er.

Edward lachte. «Schon?»

«Nur kurz. Muss wieder zu Atem kommen.»

Edward zog seinen Rucksack aus und stellte ihn auf den Boden.

«Na gut, dann streck dich mal und hol ganz tief Luft, bis du nicht mehr kannst, dann lässt du die Luft so langsam, wie es geht, wieder raus.»

Noah tat wie geheissen. Nach ein paar tiefen Atemzügen hatte er sich bereits wieder etwas erholt.

«Das tut gut, das Atmen!», meinte er.

Edward nickte zustimmend. «Das vergessen wir leider oft.»

Noah verzog das Gesicht. «Ach Quatsch, wir atmen doch die ganze Zeit!»

«Eben. Gerade deshalb vergessen wir, dass es so etwas Wichtiges ist. Es geschieht wie von selbst – wir sollten uns ein wenig öfter darauf besinnen.»

«Naja, man kann ja unmöglich das Atmen vergessen, sonst stirbt man ja», meinte Noah überzeugt. «Pass auf, ich tu jetzt mal so, als würde ich vergessen zu atmen.»

Noah blieb stehen, atmete geräuschvoll ein, füllte seine Lungen und hielt dann die Luft an. Edward zog amüsiert die Augenbrauen hoch und sah ihm erwartungsvoll zu. Der Junge erwiderte seinen Blick mit aufgeplusterten Wangen. Es dauerte nicht lange, bis er nach Luft schnappte und japste: «Siehst du? Unmöglich!»

Edward lachte. «Da hast du wohl gerade eine grundlegende physiologische Eigenschaft des Menschen entdeckt – bravo!»

«Im Ernst, Edward, wie kann man vergessen zu atmen?»

«Man kann nicht vergessen zu atmen. Aber man kann vergessen, dass man atmet.»

Noah legte die Stirn in Falten: «Und was heisst das genau?»

«Es bedeutet, dass wir manchmal vor lauter wichtigen und dringenden Dingen des Alltags vergessen, uns auf uns selbst zu besinnen. Das Atmen ist von Geburt an unsere wichtigste unbewusste Körperfunktion. Ich glaube, wenn wir uns ab und zu auf den Atem unseres Lebens konzentrieren würden, hätten wir eine bessere Verbindung zu uns selbst und könnten vielleicht herausfordernde Situationen etwas besonnener meistern.»

Edward staunte, wie gut er sich an all die Bücher über Achtsamkeit erinnern konnte, die er in seinen Vierzigern gelesen hatte. Obwohl er damals nicht wirklich viel damit hatte anfangen können, kam ihm das Thema jetzt plötzlich wieder in den Sinn. Er hätte nicht gedacht, dass ihre Unterhaltung mit so einem Thema beginnen würde.

Noah schien verwirrt. «Ich glaube nicht, dass ich das verstehe. Wieso brauchen wir denn eine Verbindung zu uns selbst? Wir sind ja … uns selbst, womit müssen wir uns da noch verbinden?»

Edward lächelte vielsagend. «Wahrscheinlich wirst du das erst verstehen, wenn du dich das erste Mal verloren hast.»

Jetzt schien Noah vollends durcheinander. Er blieb stehen, stemmte die Hände in die Hüften und fragte fast ein bisschen aufgeregt: «Mich verloren? Wie kann man sich denn selbst verlieren?»

«Auf tausend verschiedene Arten, lieber Noah. Und den meisten passiert das nicht nur einmal im Leben.»

«Was verliere ich denn da genau?»

«Das ist eine gute Frage. Oft kannst du sie erst beantworten, wenn du dieses fehlende Teil wiedergefunden hast. Das kann vieles sein. Deine eigene Wahrheit, deine Bestimmung, deine Träume und Ziele, deine Orientierung in den Wirren des Lebens. Manchmal begibt man sich auf Wege, die nicht für einen bestimmt sind – es macht eigentlich auch gar nichts, das ab und zu mal zu tun. Nur findet man eben manchmal den Rückweg nicht mehr. Man verirrt sich und weiss tief im Herzen: Ich gehöre hier nicht hin. Aber man hat keine Ahnung, wohin man gehen soll. Die Orientierungslosigkeit, die man in diesen Momenten empfindet, kann ziemlich schwierig sein. Und bei vielen Menschen führt sie dazu, dass sie die Suche nach ihrem Weg aufgeben und beginnen zu glauben, sie müssten an diesem Ort sein. Bis sie irgendwann, vielleicht zufällig, wieder auf ihren Pfad stolpern. Und das nennt man dann ‹Sich finden›.»

Noah runzelte die Stirn. Er schien noch immer nicht ganz begriffen zu haben, was er denn unterwegs genau verlieren sollte. Deshalb meinte er nur:

«Na gut, dann werde ich also aufpassen, dass ich unterwegs nichts von mir irgendwo herumliegen lasse.»

Die beiden Gefährten gingen weiter, Noah blieb an Edwards Seite.

Das Gras auf den Hügeln war immer noch wunderschön satt grün. Doch mit jedem Atemzug merkte Edward, dass sich etwas in der Luft veränderte. Es dauerte nicht lange, bis er erkannte, was es war. Ein vorfreudiges Strahlen trat in sein Gesicht. Er hatte sehr gehofft, dass ihr Weg sie an diesen Ort führen würde …

«Sieh mal Edward, was für ein schöner Baum!», rief Noah und deutete mit seinem kleinen Zeigefinger auf eine riesige Eiche in einiger Entfernung.

«Oh ja, ein stolzer Baum. Da muss ich mich unbedingt druntersetzen. Lass uns dort eine kleine Pause einlegen.»

Bei der Eiche angekommen, setzten sie sich ins Gras und Edwards Augen wanderte unweigerlich aufwärts. Der Blick in das grüne Blätterdach eines Baumes, dessen Zweige sich im Wind sanft bewegten und raschelten, hatte ihn schon immer beruhigt und schläfrig gemacht. Und so dauerte es nicht lange und er döste zufrieden ein.

«Schau mal, Edward … ach, jetzt schläft er schon wieder, was für ein müder Begleiter», murmelte Noah etwas enttäuscht, als er bemerkte, dass Edward schon wieder eingenickt war. Er lehnte sich gegen den Baumstamm und fragte sich, wie alt der Baum wohl war. Er stand bestimmt schon viele Jahre hier. Ob er wohl so alt war wie Edward? Der ist bestimmt hundert Jahre alt, dachte Noah und grinste.

Ein Sonnenstrahl kitzelte den Jungen an der Nase. Er kniff die Augen fest zusammen, bevor er sie ein klein wenig öffnete. Die Sonne schien ihm geradewegs ins Gesicht. Er war doch tatsächlich auch eingeschlafen!

Er rieb sich den Schlaf aus den Augen und sah sich um. Sein Körper hatte einen Abdruck im hohen Gras hinterlassen. Die Blätter der Eiche rauschten noch immer leise in der leichten Brise.

Wo war Edward?

Noah stand auf, strich sich die Haare aus dem Gesicht und betrachtete seine Umgebung genauer. Er sah den Pfad, den sie verlassen hatten, um zu dem Baum zu gelangen. Als er sich umdrehte, bemerkte er, dass die grünen Wiesen in einiger Entfernung steil abfielen, und ein lautes, tosendes Geräusch zu hören war. Das war ihm vor seinem Nickerchen gar nicht aufgefallen. Und als er die Augen mit den Händen vor der aufgehenden Sonne abschirmte, konnte er schliesslich die Silhouette eines Mannes erkennen, der die Klippen entlangspazierte. Bevor sich der Junge auf den Weg machte, drehte er sich nochmals um und schnappte sich eine

Eichel, die am Boden lag. Die wollte er als Erinnerung an diesen schönen Baum mitnehmen auf seinem weiteren Weg. Er steckte sie in seine Hosentasche und lief los.

«Hallo, Schlafmütze!»

Edward musste ganz schön laut rufen, damit Noah ihn hören konnte. Der Wind war hier ziemlich stark und trug den herben, salzigen Duft des Meeres mit sich. Noah antwortete nicht. Er stand mit weit aufgerissenen Augen voller Ehrfurcht da und traute sich kaum zu blinzeln. Die Kraft des Ozeans verfehlte ihre Wirkung nie.

«Ich glaube, wir können die Aussicht noch eine Weile geniessen!», meinte Edward und zeigte nach Süden. Da sah auch Noah den kleinen Weg, der sich, etwas versteckt im hohen Gras, die Klippe entlangschlängelte.

«Was meinst du, gehen wir weiter?»

Noah nickte sichtlich erfreut und die beiden setzten ihren Weg fort.

«Schau mal, was ich mitgenommen habe!» Noah streckte Edward die Eichel entgegen, die er eingesammelt hatte.

«Oh, das ist ein schönes Souvenir. Soll ich es für dich aufbewahren? So wie du auf dem Weg herumhüpfst, fällt sie dir sonst noch aus der Tasche. Das wäre sehr schade.»

Noah nickte und reichte Edward die Eichel. Er packte sie ein, schulterte den Rucksack und meinte mit einem vielsagenden Lächeln:

«Ich werde sie hüten wie einen wertvollen Schatz!»

4 Die Treppe zum Meer

Wir tragen alle
manchmal leicht, manchmal schwer
Jahre mit Erlebtem, Gefühltem
mit Schönem und Schwerem
und doch liegt
bei allem, was hinter uns ist
immer auch
ein Weg vor uns

Der schmale Pfad führte die zwei noch einen Moment durch das saftige Gras, das ihre Beine streichelte. Nur wenige Meter daneben fiel die Klippe steil und felsig ins Meer ab. Die Sonne schien ihnen ins Gesicht. Noah lief voran, Edward folgte ihm in einigem Abstand. Der böige Wind hätte eine Unterhaltung ohnehin ziemlich schwierig gemacht.

Nachdem sie so eine Weile schweigend gegangen waren, blieb Noah unvermittelt stehen.

«Schau mal, wo unser Weg uns hinführt!», rief er Edward zu und zeigte zu den Klippen, die vor ihnen lagen. Tatsächlich konnte auch Edward nun die steile Treppe sehen, die sich in den Felsen versteckt nach unten wandte. Er runzelte die Stirn. Ob sie wirklich diesem Weg folgen mussten?

«Das sieht ziemlich steil aus», meinte er, aber bevor er noch mehr sagen konnte, war Noah bereits losgerannt. Edward folgte ihm.

Als sie bei der Treppe angelangt waren, blieb Edward unwillkürlich stehen. Noah drehte sich um.

«Was ist los? Worauf wartest du?»

«Ich bin mir nicht ganz sicher, ob wir hier richtig sind. Ich bin nicht mehr so gut zu Fuss unterwegs, und diese Treppe …»

Just in dem Moment brach eine grosse Welle an der Klippe und schäumende Gischt überspülte die Treppenstufen. Edward legte besorgt die Stirn in Falten und sah sich um. Ob vielleicht irgendwo ein anderer Weg weiterführte?

«Komm schon, Edward. Wir schaffen das schon! Schau mal da, es hat ein Seil, da kann man sich gut festhalten. Uns passiert schon nichts. Und du hast doch gesagt, dass uns der Weg immer an den richtigen Ort führen wird.»

Um seine Aussage zu bekräftigen, rüttelte Noah ein paarmal am Seil, welches mit massiven Eisenringen im Felsen befestigt war. Es schien stabil. Edward schaute immer noch suchend umher, aber der Pfad endete hier. Etwas in ihm sträubte sich gegen diese Treppe. Aber was hatten sie für eine andere Wahl? Der Weg konnte ja unmöglich hier zu Ende sein. Er holte tief Luft und nickte Noah zu.

«Dann los.»

Vorsichtig stieg Noah die ersten paar Stufen hinunter. Die steinernen Platten waren vom Wasser glattpoliert und ziemlich uneben.

«Komm, Edward. Nur langsam.»

Edward folgte dem Jungen, Schritt für Schritt. Seine alten Hände umklammerten das Seil, als hinge sein Leben daran. Behutsam setzte er einen Fuss auf die nächste Stufe, dann den zweiten. Er starrte auf seine Füsse und bemühte sich, das wilde, schäumende Meer einige hundert Meter unter ihnen zu ignorieren.

Noah ging immer vier Stufen vor, dann wartete er geduldig auf Edward. Erst wenn dieser bei ihm angelangt war, ging er weiter.

So stiegen sie Stufe für Stufe hinab. Ab und zu mussten sie stehen bleiben, weil eine Welle die Stufen überspülte oder starke Windstösse sie aus dem Gleichgewicht zu bringen drohten. Die Treppe schien kein Ende nehmen zu wollen. Auf einmal verschwand der Junge hinter einer Windung.

Edward rief gegen den Wind, dass er warten solle, doch seine Worte wurden fortgeweht. Er sah nur noch den schroffen Felsen, wo Noah gerade eben noch gestanden hatte. Meerwasser spritzte ihm ins Gesicht.

Als er die Augen wieder öffnete, stand Noah lachend vor ihm. »Komm, Edward, noch ein paar Schritte, dann haben wir es geschafft. Du wirst nicht glauben, wo wir gelandet sind!»

Und nach der letzten Treppenstufe spürte Edward unter seinen Füssen keinen glitschigen Felsen mehr, sondern weichen Sand.

Vor ihnen lag ein schier endloser Sandstrand.

Er liess das Seil los, schüttelte seine zitternden Hände und atmete ein paar Mal tief durch. Dann bückte er sich unter leisem Ächzen, zog seine Schuhe aus und vergrub mit einem weiteren tiefen Atemzug seine nackten Zehen im Sand.

«Siehst du! War doch gar nicht so schlimm, oder?», lachte Noah.

Edward konnte gar nicht anders als ebenfalls erleichtert auflachen.

«Nein, Noah, es war gar nicht so schlimm. Du siehst, auch in meinem Alter gibt es immer noch Herausforderungen, die einen etwas einschüchtern. Aber zum Glück hatte ich jemanden dabei, der mutig vorangegangen ist, nicht wahr?»

Der Junge grinste voller Stolz.

«Dann lass uns mal diesen wunderschönen Strand erkunden!»

Es war ein bisschen so, wie sich Edward immer das Paradies in der Südsee vorgestellt hatte. Grüne Palmen mit Datteln und Kokosnüssen säumten den Strand und im feuchten Sand fanden sich abertausende von Muscheln, Schätze aus dem Meer, die die Wellen angespült hatten. Das türkisfarbene Wasser glitzerte golden im Licht der Sonne. Es war unglaublich schön, und obwohl es rasch sommerlich heiss wurde, fühlte sich die Luft dank der frischen Meeresbrise sehr angenehm an.

Eine Weile schlenderten die beiden, ohne zu sprechen, den Strand entlang. Noah machte sich einen Spass daraus, möglichst nahe am Wasser zu laufen und erst auszuweichen, wenn eine Welle anspülte. Edward genoss das Laufen im nassen Sand und versank dabei in Erinnerungen an die vielen schönen Strände, die er in seinem Leben besucht hatte. Das Laufen entlang des Meeres hatte immer etwas Friedliches, Beruhigendes für ihn gehabt. Egal, welche Fragen ihn gerade umgetrieben hatten, beim Spazieren am Meer schien es, als würden sich die Antworten von selbst finden. Als würde das Meer sie anspülen, wie die Muscheln. Vielleicht konnte man aber auch einfach die Fragen besser aushalten beim Blick auf den endlosen Ozean.

Die beiden machten auf ihrem Strandspaziergang immer wieder kleine Pausen, um die schönsten Muscheln einzusammeln – was ziemlich viel Zeit in Anspruch nahm, denn der Strand war voll davon! Kaum hatte Noah eine schöne Muschel gefunden und sie voller Stolz Edward zur Aufbewahrung überreicht, quietschte er wieder freudig, weil er schon die nächste, vermeintlich noch schönere entdeckt hatte. Irgendwann musste Edward eine Obergrenze der Muscheln bestimmen, da sie sonst den Rucksack vollständig gefüllt hätten. Die aussortierten Exemplare warf Noah zurück ins Meer.

«Hier hast du deine Schätze zurück, schönes Meer!», rief er dabei, und die Muscheln verschwanden wieder in den Wellen.

«Irgendwann werden sie wieder angespült, und dann kann jemand anderes sie einsammeln.»

«Ja, oder vielleicht bleiben sie auch einfach hier am Strand liegen, denn hier gehören sie ja eigentlich hin – und jeder, der hier spaziert so wie wir, kann sich daran erfreuen», meinte Edward.

«Das stimmt, aber ein paar als Andenken mitzunehmen, geht schon in Ordnung, oder?»

«Sicher. Ich hoffe, dass du irgendwann diese kleinen Muscheln in deinen Händen halten wirst und dabei wieder das Rauschen des Meeres hörst, den Sand zwischen den Zehen fühlst und die salzige Luft einatmest, als wärst du wieder hier. So ein Andenken kann wie eine Tür sein zu den Erinnerungen in deinem Herzen und sie wieder zum Leben erwecken.»

«Das klingt sehr schön. Wie viele Erinnerungen haben denn so in einem Herzen Platz?», fragte Noah.

Edward stiess geräuschvoll Luft aus und wischte sich dabei ein paar Schweisstropfen aus dem Gesicht.

«Was für eine Frage, Noah. Ich glaube, ein ganzes Leben hat Platz im Herzen. Erinnerungen kann man nicht auseinanderhalten wie Einzelteile, sie verfliessen ineinander, überlappen sich und verändern sich auch mit der Zeit.»

«Wie kann sich denn eine Erinnerung verändern?», fragte Noah etwas irritiert. «Was man erlebt hat, ändert sich doch nicht mehr, wenn's mal passiert ist.»

«Das stimmt, aber dein Blick auf das Erlebte verändert sich mit der Zeit. Du veränderst dich. Und manchmal blickst du ein paar Jahre später auf ein Erlebnis zurück und empfindest ganz etwas anderes, als du vielleicht in diesem Moment empfunden hast. Das kann ganz schön heilsam sein, wenn du etwas Schmerzhaftes erlebt hast, wenn dir jemand wehgetan hat. In diesem Moment hast du vielleicht das Gefühl, dass sich dieser Schmerz für immer und ewig genau so anfühlen wird. Aber das ist zum Glück meistens nicht so. Je mehr Zeit vergeht, desto anders färben sich manche Erinnerungen in deinem Herzen und du kannst sie auch mit einem neuen Gefühl betrachten.»

«Und was ist mit den schönen Erinnerungen? Verlieren die auch ihre Farbe? Das wäre ja furchtbar schade!»

Wieder musste Edward einen Moment überlegen.

«Ich glaube schon, dass sie ein bisschen ihre Farbe verlieren. Aber das ist nicht unbedingt etwas Schlimmes. Wenn man Fotos in einem alten Fotoalbum anschaut, dann sind die meisten auch vergilbt und verblasst, weil sie schon ziemlich alt sind. Das macht sie aber nicht weniger lebendig. Es zeigt nur die Spuren der Zeit, die seither vergangen ist. Ausserdem sind Erinnerungen nicht nur Bilder. Es sind auch Gerüche, Geräusche, Begegnungen, Orte. Es sind Gefühle. Und diese, so glaube ich, kann unser Herz sehr lebendig erhalten. Ich habe jedenfalls viele schöne Erinnerungen, die ich in mir trage.»

«Gibt es auch unschöne Spuren in deinem Herzen?», fragte Noah unvermittelt und merkte sogleich, dass er seinen Begleiter wohl mit dieser Frage etwas überrumpelt hatte. Edward blieb stehen und betrachtete einen Moment die Muscheln, die er gesammelt hatte und die sich in seiner Hand aufgewärmt hatten.

«Natürlich, kleiner Noah. Ich trage auch unschöne Spuren in meinem Herzen. Ich behaupte, das ist nicht zu vermeiden, wenn man sich in dieses Leben hinauswagt und sein Herz öffnet. Aber lass uns jetzt hier an diesem wunderschönen Strand nicht von den unschönen Spuren sprechen. Ich möchte ihn viel lieber in all seiner Schönheit geniessen.»

Noah nickte, nahm sich aber gleichzeitig fest vor, dieses Thema mit den unschönen Spuren noch einmal anzusprechen. Er glaubte zu spüren, dass der Alte diesem Teil des Gesprächs bewusst ausgewichen war. Aber er hatte recht; es war viel zu schön hier, um über Unschönes zu sprechen.

«Sieh mal, mein Junge», rief Edward plötzlich und zeigte aufs Meer hinaus. «Wir haben Gesellschaft.» Noah legte die Hand über die Augen, um sie vor der Sonne abzuschirmen, dann sah er sie auch: Nicht weit vom Strand entfernt tummelten sich etwa zehn Delfine! Sie sprangen hoch, ritten auf den Wellen und vollführten kunstvolle Luftsprünge. Man konnte ihre Freude auch aus der Entfernung förmlich spüren.

Die beiden setzten sich in den Sand, um den Delfinen zuzuschauen. Es war ein herrliches Schauspiel. Nach einer Weile begann Noah mit dem Bau einer Sandburg, denn er fand, die Krebse, die an diesem Strand hausten, sollten eine neue Bleibe erhalten. Edward liess ihn. Er genoss still den Ausblick auf das weite Meer und liess sich die Sonne ins Gesicht scheinen.

Die Zeit verflog, und bald neigte sich der Tag dem Ende zu.

5 Die Sterne über uns

Tiefschwarze Nacht
majestätisch, mächtig
und
hilflos, einsam

Edles Licht
endlose Dunkelheit
erhabene Weisheit
stille Unendlichkeit

Zu ewiger Einsamkeit verdammt
und doch nie allein
flammende Hoffnung einsam erlischt
mit dem letzten Atemzug der Nacht

In der Ewigkeit verloren
über Leben geschwebt
Herzen berührt und
Sehnsucht geweckt

Mit leisem Flüstern
Träume geboren
wie stumme Wegweiser
am zeitlosen Himmel
die stolzen Könige der Nacht

Es war ein beeindruckendes Schauspiel der Natur, das sich den beiden an diesem Abend bot. Sie sassen nebeneinander im Sand und Noah war noch immer mit seinem Sandschloss beschäftigt. Es sollte schliesslich eine stolze Burg werden, in der die Krebse hausen konnten. Edward sass schweigend da und sog die Meeresluft ein, als könnte er sie so in seinem Körper abspeichern. Dann begann der Himmel, sich langsam zu verfärben.

«Noah, sieh dir das an!»

Die Sonne ging unter. Edward seufzte ergriffen. Es spielte keine Rolle, von wie vielen Sonnenuntergängen er in seinem Leben bereits Zeuge gewesen war – ein Sonnenuntergang am Meer war doch immer wieder ein einzigartiges Spektakel. Als wollten der Himmel und das Meer gemeinsam ein bisschen angeben.

Die glühende Kugel schien den Ozean in pures Gold zu verwandeln. Mit jeder Sekunde sank sie ein bisschen weiter, bis sie schliesslich den Horizont berührte und begann, im Wasser zu versinken. Der Himmel schien zu brennen und die noch übrigen Wolken wurden in ein knalliges Pink getaucht, das sich langsam in ein sanftes Rosa verwandelte. Es war unglaublich schön – und ging viel zu schnell vorbei.

Keiner der beiden hatte währenddessen auch nur ein Wort gesagt. Selbst als die goldene Kugel vollends am Horizont versunken war und nur noch das Farbenspektakel von ihrer Anwesenheit zeugte, blieben die beiden Gefährten noch eine ganze Weile stumm und hingen ihren Gedanken nach.

«Können wir am Strand übernachten, Edward?»

Es war immer noch sehr warm, die Wolken lösten sich mehr und mehr auf und die ersten Sterne erschienen am Himmel. Es schien eine klare Nacht zu werden.

«Warum eigentlich nicht? Ich hole mir allerdings ein paar von den Palmenblättern.»

«Oh ja, das klingt gut!»

Sie gruben kleine Mulden in den Sand und polsterten diese mit Palmenblättern und anderen Pflanzen aus, so dass zwei äusserst bequeme Strandbetten entstanden. Noah bestand ausserdem darauf, die beiden Mulden mit Muscheln «einzuzäunen».

«Ich glaube, ich habe in meinem Leben nie in einem edleren Bett geschlafen!», lachte Edward und machte es sich in dem Blätterbett bequem. Auch Noah kuschelte sich sichtlich zufrieden in seine Mulde. Und als wären ihre Herzen nicht bereits überfüllt mit den Erlebnissen dieses Tages, wartete bereits das nächste Wunder der Natur auf sie. Es wurde tatsächlich eine sternenklare Nacht, und als das letzte Licht der Sonne verschwunden war, sprenkelten abertausende von glitzernden Sternen das Himmelsgewölbe. Die Milchstrasse erstreckte sich direkt über ihnen.

«Wie viele Sterne gibt es wohl am Himmel, Edward?», fragte Noah.

«Unendlich viele! Und es kommen immer neue dazu, während andere verglühen.»

«Was? Sterne sterben?»

Noah schien schockiert von dieser Vorstellung.

«Ja, Sterne sterben irgendwann. Einige von denen, die wir gerade betrachten, sind vielleicht schon erloschen – aber ihr Licht ist noch immer auf dem Weg zur Erde.»

Der Junge betrachtete den Sternenhimmel und versuchte sich vorzustellen, dass einige dieser Sterne vielleicht schon gar nicht mehr existierten. Es gelang ihm nicht wirklich, denn für ihn waren sie ja da. Plötzlich kam ihm ein Gedanke.

«Wie ist das denn, wenn ein Mensch stirbt?», fragte er leise.

Wie schnell ein Sternenhimmel doch wie von allein die grossen Fragen des Lebens aufwirft, dachte Edward.

«Was meinst du damit?»

«Ist das wie bei den Erinnerungen? Verliert die Erinnerung die Farbe? Oder ist es wie bei den Sternen?»

Edward öffnete den Mund, um zu antworten, brauchte aber noch einen Moment, um zu realisieren, was der Kleine da gerade gesagt hatte.

«Ich würde sagen, es ist wie bei den Sternen, Noah. Auch lange nach dem Tod scheint das Licht von geliebten Menschen noch in unseren Herzen.»

Es senkte sich ein Schweigen über die beiden, das angefüllt war mit vielen Gedanken.

«Ich fühle mich so unglaublich klein», flüsterte Noah plötzlich andächtig. Er blickte hoch in den Sternenhimmel und es schien, als wollte er die Augen ja nicht schliessen, doch kämpfte er gegen die Müdigkeit nach dem ereignisreichen Tag.

«Geniess das Gefühl, Noah. Es relativiert vieles, das uns manchmal viel zu gross vorkommt.»

Ohne die Worte des Alten ganz verstanden zu haben, aber zu müde, um nachzufragen, glitt Noah in einen tiefen, ruhigen Schlaf.

6 Die Poesie des Alltags

Warum eigentlich
suchen wir immer
im Aussergewöhnlichen
das Bedeutende?
Warum eigentlich
sehnen wir uns nach grossen Momenten
die uns den Atem rauben?
Warum eigentlich
streben wir nach dem immer Besseren
und sind so
selten wirklich erfüllt?

Denn
eigentlich
liegt der Zauber doch im Kleinen
im Täglichen
so still und unauffällig
dass wir ihn manchmal
kaum bemerken

Als Edward am nächsten Morgen aufwachte, schlief Noah noch. Die Sonne war noch nicht aufgegangen, aber der Himmel war bereits heller geworden. Der Alte beschloss, seinen Gefährten zu wecken. Er berührte ihn sanft an der Schulter.

«Aufwachen, Schlafmütze. Der Tag beginnt», sagte er leise.

Noah öffnete schlaftrunken die Augen und Edward konnte in seinem Blick die Spuren des Traumes sehen, den er gerade verlassen hatte.

Sie sahen noch ein paar letzte Sterne im Morgengrauen am Himmel leuchten, bevor sie in der Helligkeit der rasch aufgehenden Sonne verschwanden. Zur Stärkung vor dem Aufbruch sammelten sie ein paar Datteln und Kokosnüsse, die Edward mit dem Messer aus seinem Rucksack mit ein bisschen Übung öffnen konnte. Es war ein einfaches Frühstück, doch die Süsse der Früchte gab ihnen Energie und Lust, ihren Weg fortzusetzen. Nach einem letzten, von Glück und Zufriedenheit erfüllten Blick auf das weite Meer, wandten sie sich ab und folgten dem Pfad, der durch die Palmen vom Strand wegführte.

Je weiter sie sich von der Küste entfernten, umso trockener und karger wurde die Landschaft um sie herum. Bald gab es nur noch dürre Büsche und ein paar Olivenbäume zwischen den vielen Steinen. Der Boden war staubtrocken und die Luft drückend heiss.

Es war eine stille Zeit – Noah stellte nicht viele Fragen, sondern ging schweigend neben Edward her. Und auch der Alte sagte nicht viel, wischte sich nur ab und zu den Schweiss aus dem Gesicht. Es war, als würde die dürre und öde Landschaft auch ihre Gedanken austrocknen.

Schliesslich setzten sich die beiden hinter einen grossen Felsen in den Schatten, um eine Pause einzulegen. Noah seufzte theatralisch.

«Wie langweilig! Ich hätte nicht gedacht, dass unsere Reise uns an so einen öden Ort führen würde. Und das nach dem wundervollen Ort am Meer. Bist du sicher, dass wir noch auf dem richtigen Weg sind? Wollen wir nicht besser zurück an den Strand?»

Edward lächelte müde.

«Oh, ich glaube wir sind immer auf dem richtigen Weg. Wir können doch nur auf dem richtigen Weg sein, solange wir noch unterwegs sind.»

Noah kickte einen kleinen Stein weg.

«Der Strand war so viel schöner», maulte er. «Das hier, das ist doch nichts Besonderes.» Er rupfte ein paar Zweige eines Gestrüpps aus und warf sie demonstrativ gelangweilt auf den Boden. Edward musterte ihn. Dann kam ihm eine Idee.

«Komm, wir bauen einen Steinstapel. Ich wette, wir schaffen einen, der grösser ist als du! Dazu brauchen wir flache Steine, die man gut aufeinanderlegen kann. Hilf mir.»

Noah sagte nichts, aber er tat wie geheissen und machte sich auf die Suche nach grossen, flachen Steinen. Er schien mehr als dankbar, eine Aufgabe zu haben.

Gemeinsam begannen sie, die Steine zu stapeln. Immer wieder fielen welche herunter, die sie neu aufeinanderlegen mussten, um den Turm stabil zu halten. Noah bewies eine erstaunliche Geduld bei dieser Aufgabe.

Einmal mehr bemerkte keiner der beiden, wie die Zeit verging, aber die Sonne wanderte am Himmel ein ganzes Stück. Als der Stapel einige Zentimeter grösser war als Noah, sahen sie ihr Werk als vollendet an und setzten sich stolz daneben.

«Auch aus Steinen, die einem in den Weg gelegt werden, kann man etwas Schönes bauen!», meinte Edward beim Betrachten des Stapels und fuhr sich mit dem Handrücken über die Stirn. «So sagt zumindest ein Sprichwort.»

Noah nickte zufrieden.

«Ich finde, wir haben so ziemlich das Beste gemacht, was man in einer Steinwüste tun kann.»

«Womit wir wieder einmal beim Leben selbst wären.»

«Wie meinst du das?»

«Nun, das Leben besteht nun mal nicht nur aus Spaziergängen am Strand, Noah. Oder aus gemütlichen Gesprächen an anderen wunderschönen Orten. Der Grossteil unserer Tage besteht eben gerade nicht aus diesen Dingen. Das Leben ist sogar sehr oft das Gegenteil von einem Spaziergang am Strand.»

«Zum Beispiel?»

«Hm. Es gibt so viele! Einkaufen. Wäsche waschen. Im Stau stehen auf dem Weg von der Arbeit nach Hause. Rechnungen zahlen. Zum Zahnarzt gehen. Das sind alles Dinge, die würden es nicht auf die Liste meiner aufregendsten Erlebnisse der letzten 80 Jahre schaffen. Und doch haben sie relativ viel Zeit davon in Anspruch genommen.»

«Im Stau stehen? Das stelle ich mir furchtbar mühsam vor!», rief Noah entsetzt.

«Oh ja, das ist es. Allerdings habe ich die Zeit häufig genutzt, um die Musik meiner Lieblingsband zu hören. Dann hatte ich das Gefühl, dass die Zeit nicht ganz so sehr verschwendet war», grinste Edward.

«Aber mal ehrlich, warum kann denn das Leben nicht nur aus Spaziergängen am Strand bestehen? Ich könnte mir doch dort mein Haus bauen, jeden Morgen fischen gehen und von Kokosnüssen, Ananas und Datteln leben. Das ginge doch! Und dann könnte ich jeden Tag am Strand spazieren gehen und müsste nichts anderes tun …»

Edward verschränkte amüsiert die Arme.

«Das könntest du. Weisst du, das könntest du vielleicht tatsächlich. Aber irgendwie habe ich das Gefühl, dir würde ziemlich schnell ziemlich langweilig. Obwohl Strände wirklich wunderschön sind. Aber ich glaube, du würdest dich irgendwann trotzdem aufmachen, um zu sehen, was das Leben und die Welt sonst noch für dich bereithalten. Das funktioniert in unserer Welt meistens leider nur mit ein bisschen Geld. Und für Geld muss man arbeiten.»

Noah stiess geräuschvoll Luft aus.

«Ach, ich sehe schon, aus meinem Leben am Strand wird nichts.»

«Aber das macht doch nichts, Kleiner. Ich hatte auch kein Leben am Strand. Ich musste viele Rechnungen bezahlen und immer wieder zum Zahnarzt und stand immer mal wieder im Stau. Trotzdem war mein Leben nicht öde, es war alles in allem sogar unglaublich aufregend. Die Kunst ist doch, im Alltäglichen das Aussergewöhnliche zu sehen. Im Belanglosen das Wichtige. In Kleinigkeiten das Grosse. Es ist leicht, die Magie des Seins in atemberaubenden Augenblicken zu spüren. Nie ist sie so gegenwärtig wie in diesen Momenten, in denen man spürt, dass man genau am richtigen Ort ist und das Leben etwas ganz Besonderes für einen bereithält. Wie am Strand vorhin. Aber wie ich schon sagte, das Leben besteht nun mal nicht nur aus diesen Momenten. Es sind nicht immer nur Glücksmomente, die uns den Atem rauben. Es gibt auch die vielen Gegenteile davon. Einsamkeit. Melancholie. Trauer. Verzweiflung. Hilflosigkeit. Oder vielleicht eben nur die Banalität des Alltags, die einen manchmal regelrecht verschlingt.

Und in ebendiesen Momenten, die unser tägliches Leben zu einem Grossteil ausmachen, dort müssen wir aufmerksam sein und auch dann in der Banalität das Schöne sehen. Nicht nur im Aufregenden, sondern auch im Einfachen. Nicht nur im Aussergewöhnlichen, sondern auch im Alltäglichen. Oder wie mein bester Freund immer sagte: Dort, ihr Menschen, müsst ihr zaubern! Und zeigen, woraus ihr gemacht seid.»

«War dein Freund ein Dichter? Das klingt ziemlich poetisch.»

«Ja, ich würde sagen, er war ein Dichter. Oder er hatte zumindest eine sehr poetische Ader», meinte Edward.

Noah nickte langsam, als würde er erst allmählich Edwards Ausführungen verstehen.

«Lass mich mal ein bisschen den Dichter spielen!»

«Was willst du denn dichten?»

«Ich will auf den Punkt bringen, was du mir gerade gesagt hast.»

«Oh! Weil ich es nicht auf den Punkt bringen konnte, meinst du?»

«Doch, nur nicht so poetisch wie dein Freund. Du hast bloss seine Poesie benutzt.»

«Das stimmt … also?»

Noah schloss die Augen, Edward war sich aber nicht ganz sicher, ob er ihn nur auf den Arm nehmen wollte. Aber die Zusammenfassung, die Noah schliesslich lieferte, war dann doch sehr überzeugend: »Man muss die Poesie im Leben finden! Die Poesie in den Tagen, in jedem Tag des Lebens.»

Edward nickte anerkennend.

«Das klingt gut. Mein Freund, der Dichter, wäre stolz auf dich!»

Mit diesen Worten setzten die zwei ihren Weg fort.

7 Vom Leben und Sterben

Trauer
hat so viele Sprachen wie die Liebe
manchmal ist sie ganz leise
und durchdringt dennoch jedes Lächeln
Trauer
kommt in Wellen
manchmal kleine, die dich umspülen
und manchmal grosse, die dich fast ertränken
Trauer
kommt aber auch Hand in Hand
mit der Dankbarkeit
dass du da gewesen bist

Schon bald wurde die Landschaft wieder etwas abwechslungsreicher. Noah schien die Veränderung nicht sofort zu bemerken, aber Edward merkte schnell, dass die Luft weniger trocken war und die Vegetation wieder etwas üppiger wurde. Olivenbäume und Pinien säumten ihren Weg und mit ihnen die Geräusche von unzähligen Grillen und anderen Insekten. Wie laut Stille sein konnte!

Auf einmal blieb Edward stehen und zeigte auf einen riesigen, knorrigen Olivenbaum.

«Schau dir den Baum mal an, Noah. Der ist bestimmt schon hundert Jahre alt oder älter.»

«Älter als die Eiche, unter der du so laut geschlafen hast?»

«Du hast auch geschlafen, Kleiner, tief und fest. Ich weiss es nicht genau, aber Olivenbäume können tausend Jahre alt werden.»

Noah stiess einen beeindruckten Pfiff aus.

«Tausend Jahre! Das ist wirklich eine lange Zeit.»

Er berührte den Stamm des Baumes mit seinen kleinen Händen und versuchte sich vorzustellen, wie lange tausend Jahre dauerten, aber es gelang ihm nicht.

«Wie alt bist du eigentlich, Edward?»

Der Alte betrachtete den Stamm des Baumes, der sich in all den Jahren während seines Wachstums immer wieder um sich selbst gedreht hatte.

«Verglichen mit diesem Baum hier bin ich vermutlich ziemlich jung. Nicht einmal hundert Jahre alt.»

«Ich will es aber genau wissen!»

«Oh, na gut. Ich, Edward Oliver Buckley, kann auf 84 Lebensjahre zurückblicken.»

Bei seiner Antwort trat ein Ausdruck auf Edwards Gesicht, den Noah nicht recht zu deuten vermochte. Die Formulierung seines Begleiters irritierte ihn ein wenig, doch er fragte nicht nach – nicht ahnend, dass Edward seine Worte mit sehr viel Bedacht gewählt hatte.

Der Junge setzte sich unter den Olivenbaum auf den Boden und seufzte tief. Auf einmal wirkte er traurig. Edward liess sich mit einem leisen Ächzen ebenfalls neben ihm nieder.

«Was ist los? Was bekümmert dich?»

«Naja, ich hab mir nur gerade gedacht, dass irgendwann einmal das Ende des Lebens kommt. Dass irgendwann …» Er hörte mitten im Satz auf zu sprechen und sah stattdessen hoch in das knorrige Astwerk des Olivenbaums. Edward beendete seinen Satz für ihn.

«… dass irgendwann der Tod kommt? Ja, mein lieber Noah, das stimmt. Der Tod gehört zum Leben dazu. Aber du musst nicht traurig sein deswegen. Manchmal kann es gut sein, wenn eine Geschichte zu Ende geht.»

Noah sah ihn verunsichert an.

«Das verstehe ich nicht, Edward.»

Der Alte schwieg einen Moment. Ihm war bewusst, dass für einen alten Mann wie ihn der Tod eine ganz andere Farbe hatte als für den kleinen Jungen, der noch sein ganzes Leben vor sich hatte. Er konnte sich zwar nicht mehr genau daran erinnern, wie er als Kind darüber gedacht hatte, aber er wusste wohl, dass er den Tod in erster Linie als etwas Schlimmes, Schmerzhaftes und Trauriges wahrgenommen hatte. Er war sich aber nicht sicher, ob dies tatsächlich schon der Moment war, darüber zu sprechen. Deshalb entschied er sich, einfach mal abzuwarten, ob Noah noch weiter darauf eingehen würde.

Als dieser nach einer Weile begann, mit den Steinen am Boden zu spielen, fragte er vorsichtig: «Na, willst du noch ein bisschen bei diesem schönen alten Olivenbaum bleiben oder wollen wir weitergehen?»

Noah spickte einen kleinen Stein weg und blickte nach oben in die Krone des Baumes. Schliesslich sagte er, ohne auf Edwards Frage einzugehen: «Stell dir vor, du könntest tausend Jahre alt werden, wie dieser Baum hier. Wäre das nicht toll?»

Edward kratzte sich nachdenklich am Kinn und strich sich über seinen spriessenden grauen Bart, bevor er antwortete.

«Ich glaube, wir sind nicht dazu gemacht, so alt zu werden, Noah. Es ist gut, ist unsere Zeit auf der Welt begrenzt.»

Noah entgegnete verwundert: «Aber warum? Wäre es nicht viel schöner, ewig zu leben und nie sterben zu müssen?»

«Das ist keine einfache Frage und ich kann sie dir nicht allgemeingültig für alle Menschen beantworten – aber das ist sowieso bei allem so, was ich dir auf unserer gemeinsamen Reise erzähle. Das sind immer meine Überzeugungen, meine Erfahrungen, meine Wahrheiten. Wahrscheinlich würde dir ein anderer Begleiter manche Dinge anders erklären.»

Noah nickte, sagte aber nichts, sondern sah den Alten erwartungsvoll an. Er schien auf die Antwort auf seine eigentliche Frage zu warten.

So fuhr Edward fort: «Ich würde ein sterbliches, ein endliches Leben immer einem unendlichen vorziehen. Dadurch, dass unsere Zeit begrenzt ist, erhält sie ihren Wert, ihre Bedeutung. Wir wissen, dass unsere Entscheidungen diese begrenzte Zeit beeinflussen.»

«Aber ist es denn nicht furchtbar traurig, wenn diese Zeit zu Ende geht?»

«Ein bisschen schon, doch. Aber …»

Wieder brauchte Edward eine Weile, bis er sich seine Antwort zurechtgelegt hatte. Er schien jedes Wort innerlich genau abzuwägen.

«Wir können unmöglich wissen, was nach dem Tod geschieht. Also, ja – es ist schon traurig, wenn ein Menschenleben zu Ende geht, aber vielleicht wartet ja auch einfach das nächste Abenteuer auf uns. Eine weitere Reise.»

Bei diesen Worten lag wieder dieser Ausdruck in seinem Gesicht, den Noah nicht deuten konnte.

«Aber wenn niemand weiss, was nach dem Tod kommt, dann könnte es ja auch etwas Schlimmes sein, oder einfach unendliches Nichts!», rief der Junge ungläubig. «Wie kann man denn ohne Angst aus dem Leben gehen, wenn man nicht weiss, was danach kommt?»

Edward wandte sich dem Jungen zu.

«Mit Vertrauen. Vielleicht ist es auch etwas, das viele Menschen als Glauben bezeichnen. Sieh mal, du wusstest ja an der Bushaltestelle auch nicht, wohin uns unser Weg noch führen wird. Hast du deshalb ständig Angst? Heisst Nicht-Wissen immer gleich, dass man Angst haben muss vor dem, was kommt? Es könnte ja, vielleicht, wer weiss, auch etwas unglaublich Schönes auf dich zukommen. Dann wäre die Angst völlig umsonst. Ich glaube, wenn wir mit diesem Gedanken leben und auch sterben können, dann verliert der Tod ein bisschen seinen Schrecken.»

«Können denn alle Menschen so gehen? Ohne Angst?»

Wieder strich sich Edward beim Nachdenken über sein bärtiges Kinn.

«Es gibt schon Menschen, die Angst vor dem Tod haben. Oder vor dem Sterben. Ich weiss auch nicht, wie man ihnen diese Angst nehmen kann, oder ob sie erst mit dem Tod selbst vergeht.»

«Hattest du denn auch nie Angst vor dem Tod anderer Menschen? Den Menschen, die du sehr liebhast?»

Nun wurde auch Edwards Blick ein wenig traurig und er seufzte tief.

«Der eigene Tod ist wohl etwas ganz anderes als der Tod von geliebten Menschen. Ich würde zwar nicht sagen, dass ich Angst davor hatte, jemanden zu verlieren – ich war nie ein Mann, der in Angst oder Zweifeln gelebt hat. Ich habe mir darüber ehrlich gesagt nie allzu viele Gedanken gemacht. Aber ich habe in meinem Leben natürlich mehr als einmal Menschen verloren, die mir sehr nahestanden. Familie, Freunde … und einige davon sind viel zu früh gegangen. Einige durften nicht wie ich ein langes, erfülltes

Leben führen, sondern wurden jäh aus ihrem herausgerissen. Und auch aus den Leben von allen, die sie liebten. Damit klarzukommen, lieber Noah, mit der plötzlichen, definitiven Abwesenheit eines geliebten Menschen, ist etwas vom Schmerzvollsten, das ich in meinen Jahren erlebte. Der Tod eines Menschen reisst ein Loch in unser Herz, da ist auf einmal eine riesige Leere, eine brutale Endgültigkeit. Und auch wenn ich immer der Überzeugung war, dass nach dem Tod nur Gutes auf uns wartet, habe ich trotzdem viele Tränen geweint um diese Menschen und war unglaublich traurig. Man könnte vielleicht sagen, dass der Tod für den, der stirbt, nicht so schlimm ist, aber für die Hinterbliebenen schon. Bis irgendwann die Trauer der Dankbarkeit weicht.»

Einen Moment schwiegen die beiden.

Schliesslich erhob sich Edward unter dem gleichen leisen Stöhnen, mit dem er sich hingesetzt hatte. Er wischte sich den Staub von den Hosen und streckte Noah seine alte, aber immer noch kräftige Hand hin.

«Jetzt haben wir aber für den Moment genug vom Tod gesprochen. Lass uns wieder über das Leben sprechen, ja?» – und Noah nahm diesen Vorschlag gerne an.

Bevor sie weitergingen, brach Edward einen kleinen Zweig des Olivenbaums ab, betrachtete ihn lächelnd und liess ihn unauffällig in seinen Rucksack gleiten.

8 Aus Edwards Leben

Wohin wir auch gehen
in diesem Leben

Wir nehmen immer etwas mit
für uns
und lassen etwas da
von uns
Spuren in den Herzen derer,
die wir lieben
und tragen sie
bei uns

Wohin wir auch gehen
in diesem Leben

«Na gut, dann erzähl mir ein bisschen aus deinem Leben, Edward Oliver Buckley. Ich weiss nämlich noch gar nicht so viel über dich.»

«Also, ich finde, ich habe dir schon ziemlich viel von mir erzählt.»

«Ja, schon, aber nichts so wirklich über dich, über deine ganz persönliche Geschichte.»

«Was möchtest du denn wissen?»

«Alles!», rief Noah mit einem Lachen.

«Wo soll ich da nur anfangen …»

«Vielleicht einfach ganz am Anfang?»

Edward räusperte sich.

«Also gut. Fangen wir ganz am Anfang an. Ich kam als jüngster von zwei Brüdern in einem einfachen Bauern- und Fischerdorf zur Welt. Mein Vater war tagtäglich auf See am Fischen und meine Mutter war entweder zuhause oder half bei den Bauern nebenan auf dem Hof. Ich hatte eine einfache, aber sehr schöne Kindheit.»

«Woran erinnerst du dich denn aus deiner Kindheit? Ich meine, weil das ja schon ziemlich lange her ist», fragte Noah und wurde ein bisschen rot, weil er erst im Nachhinein bemerkte, dass seine Anmerkung doch etwas frech war. Edward schmunzelte.

«Ja, da hast du recht, das ist in der Tat schon ziemlich lange her. Aber habe ich sehr viele schöne Erinnerungen an meine Kindheit, die sich sehr lebendig anfühlen, obwohl es schon so lange her ist. Vielleicht weil man als Kind die Welt noch viel stärker wahrnimmt, so viel Neues lernt, viel mehr fühlt und noch nicht so viel denkt. Und auch, weil die Kindheitsjahre uns sehr prägen.»

«Wie meinst du das?»

«Nun, es ist von allergrösster Bedeutung, was ein Kind in seinen ersten Lebensjahren erlebt. Ob es Liebe erfährt oder nicht, ob es sich geborgen und sicher fühlt, ob es Vertrauen geschenkt bekommt, um sich auf kleine und grosse Abenteuer zu wagen. Es ist immerhin der Start in dein Leben, und die Gefühle, die du in dieser Zeit erlebst, setzen den Grundton für dein restliches Leben. Ob du das willst oder nicht.»

«Was ist denn mit den Kindern, die es nicht so gut haben. wie du es hattest?», fragte Noah besorgt. «Sind die dann ein Leben lang unglücklich?»

«Nein, das muss überhaupt nicht so sein», antwortete Edward schnell. «Es kann einfach sein, dass sie als Erwachsene dann ein gewisses Vertrauen in sich und die Welt noch lernen müssen. Aber dazu ist es nie zu spät!»

Einen Moment schwieg Noah. Dieses Thema schien ihn sehr nachdenklich zu stimmen. Edward entschied, dass es vielleicht besser war, wenn er einfach weitererzählen würde.

«Also, ich lebte in diesem kleinen Dorf. Ich war viel mit meinem grossen Bruder unterwegs und durfte ihn meistens auf den Abenteuern mit seinen Freunden begleiten. Ich glaube, meine Mutter war sehr froh, dass er sich so gut um mich gekümmert hat. Uns wurde nie langweilig, wir heckten immer etwas aus. Besonders gerne haben wir anderen Streiche gespielt!»

Edward schmunzelte amüsiert beim Gedanken daran, wie sie jeweils von ihren Nachbarn durch das halbe Dorf gejagt wurden, wenn sie wieder einmal etwas angestellt hatten. Er entschied sich aber, vor Noah diesbezüglich nicht allzu sehr ins Detail zu gehen, um ihn nicht auf dumme Ideen zu bringen.

«Ich ging zur Schule, meistens mit dem alten klapprigen Fahrrad meines Vaters, da wir kein Geld hatten für ein neues. Als ich alt genug war, um mir mit kleinen Arbeiten ein wenig eigenes Geld zu verdienen, fing ich an, auf ein eigenes Fahrrad zu sparen. Ich habe das Geld aber dann später für ein Motorfahrrad gebraucht, das mich immer überall hingebracht hat. Es bedeutete ein kleines Stückchen Freiheit für mich.»

In Edwards Stimme schwang ein bisschen Wehmut mit. Sein geliebtes Mofa hatte er zu einem Spottpreis verscherbelt, als er Geld für den roten Chevrolet brauchte. Heute wüsste er es besser und würde es nicht hergeben.

Noah hörte sehr aufmerksam zu.

«Was hast du denn gearbeitet?», wollte er wissen.

«Oh, vieles. Ich habe eine Ausbildung als Automechaniker gemacht. Ich habe es geliebt, an den Autos herumzuschrauben und am Abend müde und mit dreckigen Händen nach Hause zu kommen. Da wusste ich immer, dass ich gute Arbeit geleistet hatte. Später musste ich in den Militärdienst und habe danach einige Zeit beim Zoll gearbeitet. Als ich wieder zurückkam in mein Dorf, erschien es mir so winzig klein. Eigentlich wollte ich in die grosse weite Welt hinaus und irgendwo in einer Stadt eine Arbeit finden als Mechaniker, aber dazu ist es nicht gekommen.»

«Warum nicht?»

Edward lächelte geheimnisvoll.

«Manchmal ändern sich Wünsche sehr schnell. Ich bin der Liebe wegen nicht weggegangen. Aber das können wir ein andermal besprechen, ja?»

Noah holte tief Luft und wollte protestieren, aber Edward liess ihn nicht zu Wort kommen.

«Ich weiss, dass dich das sehr interessiert, das mit der Liebe», beschwichtigte er ihn. «Das sollte es auch, denn die Liebe ist wohl etwas vom Allerschönsten, das das Leben für uns bereithält. Ich wage sogar zu behaupten, es könnte das allumfassende Hauptthema eines jeden Lebens sein. Aber ich glaube, jetzt ist nicht der Moment, um darüber zu sprechen.»

«Wann wird denn der Moment dazu sein?»

Edward überlegte kurz und zwinkerte.

«Wenn der Frühling kommt. Wenn die Sonne scheint, die Luft angefüllt ist mit dem süssen Duft der Blumen und alles beginnt zu wachsen und zu blühen. Dann sprechen wir über die Liebe. Versprochen.»

Noah verzog das Gesicht.

«Und was, wenn auf unserem Weg gar nie Frühling wird?»

«Das kann ich mir fast nicht vorstellen, Noah. Es wird immer irgendwann Frühling.»

Noah hakte nicht weiter nach, denn er hatte mittlerweile begriffen, dass Edward immer dann über ein Thema sprach, wenn es sich für ihn richtig anfühlte, und das respektierte der Junge.

«Na gut. Du bist also der Liebe wegen nicht in die grosse weite Welt hinausgezogen, sondern in deinem kleinen Dorf geblieben. Fahren wir da weiter?»

«Ich fragte die Frau, in die ich mich verliebt hatte – ihr Name war übrigens Emily –, ob sie mich heiraten möchte, und glücklicherweise sagte sie ja. Und so haben wir uns an einem wunderschönen, warmen Tag im Mai unter freiem Himmel ewige Liebe geschworen.»

«Warum muss man sich denn die Liebe schwören? Hat man Angst, sie sonst zu verlieren?»

Edward schaute Noah entgeistert an.

«Nun ja … ja, vielleicht ist das so. Der Schwur soll einer Liebe eine gewisse Verbindlichkeit geben. Ganz abgesehen davon, dass es noch viele andere, eher langweilige und ganz und gar unromantische Gründe gibt für ein Paar, zu heiraten. Aber man gibt sich vor allem ein Versprechen, in guten wie in schlechten Zeiten zueinanderzuhalten. Das ist schon etwas sehr Schönes, wenn du mich fragst.»

Noah nickte, als hätte er gerade etwas sehr Wichtiges verstanden. Doch er hatte immer noch einen fragenden Ausdruck im Gesicht.

«Na gut, das stimmt. Aber kann man denn etwas versprechen, das für den Rest des Lebens gelten soll? Ich meine, im besten Fall ist das eine ziemlich lange Zeit, oder? Und ein Versprechen ist ja etwas, das man nicht brechen darf. Kann man sich das überhaupt versprechen?»

Edward hob amüsiert die Augenbrauen, bevor er antwortete.

«Eigentlich wollten wir doch noch gar nicht über die Liebe sprechen. Aber wenn wir nun schon dabei sind ... ich weiss es nicht, Noah. Ich glaube, wenn man sich entscheidet, dass man mit einem anderen Menschen sein Leben teilen will, dann braucht es wohl eine gewisse Portion Mut und den Glauben an die Ewigkeit in der Liebe. Aber auch die Bereitschaft, etwas für diese Liebe zu tun. Denn ich glaube, mit der Liebe ist es ein bisschen wie mit einer kostbaren Blume: Wenn man nicht Sorge trägt zu ihr, verwelkt sie irgendwann. Das ist es, was Emily und ich uns versprochen haben. Dass wir immer Sorge tragen zu unserer Liebe, zu uns. Und ich glaube tatsächlich, wenn beide ihr Bestes dafür geben, dann kann die Liebe viele Jahre überdauern.» Er fügte noch hinzu: «Aber natürlich sprichst du hier mit einem alten Mann, der in seinem ganzen Leben nur ein einziges Mal verheiratet war. Bei mir hat das mit dem Versprechen also ziemlich gut geklappt.»

«Dann wart ihr also immer glücklich, du und Emily?», wollte Noah wissen.

Das Schmunzeln in Edwards Gesicht wich einem etwas ernsterem Ausdruck.

«Nein, Noah. Wir waren nicht immer glücklich. Aber das wäre auch eine falsche, irreführende Erwartung an eine Ehe oder eine Beziehung zu einem anderen Menschen. Oder an das Leben im Allgemeinen. Es gab auch bei uns schwierige Zeiten. Aber in genau diesen Zeiten haben wir uns eben an unser Versprechen erinnert, und das hat uns sehr geholfen.»

Noah verstand, dass Edward dieses Thema hier beenden wollte, und so beliess er es dabei, obwohl er eigentlich noch mehr hätte wissen wollen über Edward und Emily. Innerlich nahm er sich vor, zu gegebener Zeit darauf zurückzukommen.

Während ihr Gespräch einmal mehr eine Wendung genommen hatte, die weder Edward noch Noah so geplant hatten, hatte sich auch die Landschaft, von den beiden beinahe unbemerkt weiter verändert. Olivenbäume und Pinien waren einer anderen Vegetation gewichen; sie spazierten nun durch einen Wald mit grossen Tannen und hohen Laubbäumen. Auch war die Erde nicht mehr eben und flach, sondern wurde immer hügeliger.

Als sie schliesslich den Waldrand erreichten und die Umgebung überblicken konnten, ragte vor ihnen ein imposanter Berg auf. Der Gipfel lag deutlich über der Baumgrenze.

«Unsere Reise wird wohl ein bisschen anstrengender.»

Noah legte den Kopf in den Nacken und stöhnte leise.

«Da gehen wir hoch?»

«Es scheint so.»

Der Weg vor ihnen führte einige hundert Meter über einen unbewaldeten Hügel, bevor er wieder zwischen den Bäumen verschwand, die am Fusse des Berges dicht beieinanderstanden.

«Na dann los, lass uns den Gipfel erklimmen!», rief Noah euphorisch und marschierte los.

9 Auf zum Gipfel

Jeden Berg
den ich erklommen
habe ich
im Herzen mitgenommen
auf allen Wegen
die ich gehe
bei allen Bergen
die ich sehe
weiss ich nun, ich war ganz oben
und auch wenn im Leben
Stürme toben
weiss ich eines nun mit Sicherheit
es gibt auch sie,
die Gipfelzeit

Bald erreichten sie den Fuss des Berges und der Aufstieg begann. Der Pfad führte entlang eines kleinen Baches, der sich plätschernd durch den Wald schlängelte. Hin und wieder spritzten sie sich etwas Wasser ins Gesicht oder tranken einen Schluck aus dem Bach – das kühle Wasser war herrlich erfrischend. Die Sonne brannte vom Himmel, doch sie waren zum Glück unter den Bäumen gut geschützt.

Die beiden redeten nicht viel. Der Weg führte über Stock und Stein und war teilweise ziemlich steil, so dass besonders Edward sich gut auf seine Schritte konzentrieren musste. Doch so hatten beide genügend Zeit, sich die Erlebnisse und Gespräche der letzten Tage durch den Kopf gehen zu lassen.

Als sie auf eine kleine Lichtung kamen, hob Edward den Blick und schirmte seine Augen mit der Hand ab. Die Sonne stand ziemlich senkrecht über ihnen. Es musste wohl um die Mittagszeit sein, und so machten sie eine längere Pause. Sie zogen die Schuhe aus und tauchten ihre beanspruchten Füsse in den kalten Bach. Was für eine Wohltat! Edward gönnte sich ein kleines Nickerchen, während Noah voller Elan einen Staudamm für den Bergbach errichten wollte. Er hievte Steine hin und her und türmte daraus eine kleine Mauer. Die Lücken füllte er mit kleineren Steinen aus. Das Wasser staute sich tatsächlich ein bisschen, so dass er ein richtiges Bad nehmen konnte in seinem selbstgebauten kleinen Stausee. Natürlich musste auch Edward sein Werk begutachten und ausprobieren. Ihm war das Wasser allerdings dann doch ein bisschen zu kalt, um sich ganz hineinzulegen. Und so ging die Bergwanderung weiter.

Je älter der Tag wurde, umso müder wurde der kleine Noah, und auch Edward spürte, wie seine Beine schwerer wurden. Sie kamen langsamer voran, brauchten häufiger kleine Pausen. Und es war immer noch ziemlich heiss, obwohl sich am Himmel grössere Quellwolken zu formieren begannen und ein verdächtiges Lüftchen einen Wetterwechsel ankündigte. Gleichzeitig wurde die Vegetation immer dünner.

«Ich mag die Sonne ja wirklich! Aber jetzt, jetzt würde ich mir einen kräftigen Regenschauer wünschen. Eine kalte Dusche, das wär's», schnaufte Noah theatralisch.

Edward betrachtete mit gerunzelter Stirn die Wolken am Himmel, die sich zu immer grösseren Formationen zusammenschlossen.

«Komm, Noah. Wir suchen uns einen Unterschlupf. Ich glaube, deine Abkühlung kommt schneller, als dir lieb ist.»

Und tatsächlich dauerte es nicht lange, da fielen die ersten Tropfen. Noah blieb stehen, legte den Kopf in den Nacken und breitete die Arme aus.

«Herrlich!»

«Komm, Junge, wir müssen schleunigst einen Unterschlupf finden! Sonst sind wir in ein paar Minuten patschnass», rief Edward besorgt.

«Das macht doch nichts, Edward! Der Regen fühlt sich wunderbar an.»

«Ich weiss, aber jetzt, wo das Wetter wechselt, wird es bald kühl und dann wirst du frieren. Komm!»

Widerwillig folgte Noah seinem Gefährten, streckte aber rasch noch die Zunge heraus, um ein paar Regentropfen zu erwischen.

Die beiden hatten kaum eine Art Höhle unter einem Felsvorsprung gefunden, als das Gewitter richtig über ihnen losbrach. Es blitzte und donnerte und man hatte das Gefühl, der ganze Himmel müsse sich entleeren, so viel Regen prasselte innerhalb kürzester Zeit auf die Felsen. Die Regentropfen waren riesig und verursachten einen ziemlichen Lärm. Binnen weniger Minuten war der kleine Bergbach, dem sie gefolgt waren, zu einem reissenden Strom angewachsen. Noah war ganz still geworden. Er sass auf dem kalten Stein und umklammerte seine Beine mit beiden Armen. Er schien grosse Angst zu haben.

«Das kann einem eine ganz schöne Angst einjagen, so ein Gewitter, nicht wahr?», meinte Edward und klopfte dem Jungen sanft auf die Schulter. «Aber das geht vorbei. Meistens dauert das Ganze nur ein paar Minuten.»

«Warum ist es so laut?», fragte Noah.

«Das sind die Blitze. Da wird ziemlich viel Energie freigesetzt, da oben, und das gibt einen Knall – den Donner. Der kommt immer erst ein bisschen nach dem Blitz bei uns auf der Erde an, weil das Licht schneller ist als der Schall», erklärte Edward, und er war ein bisschen stolz auf seine Ausführungen.

«Mir ist kalt, Edward.»

Noah klapperte mit den Zähnen und umklammerte seine Beine noch fester.

«Ja, wir hatten wirklich schon gemütlichere Lager. Aber ich habe eine Idee!»

Edward hatte die kleinen, dürren Sträucher entdeckt, die geschützt vom Felsvorsprung trocken geblieben waren.

«Wir machen ein Feuer!»

Wenig überzeugt folgte Noah ihm und half dabei, die Äste von den Sträuchern abzubrechen und die Blätter abzutrennen. Schliesslich hatten sie mehrere Häufchen mit unterschiedlich grossen Ästen, Zweigen und Blättern. Edward hatte sich zwei kleine Steine gesucht und versuchte nun, damit einen Funken zu erzeugen. Noah sass derweil daneben und beobachtete das Ganze.

«Bist du sicher, dass das funktioniert, Edward?» Er zog den Pullover enger um sich, den Edward ihm gegeben hatte.

«Nun ja, es sind nicht gerade die besten Steine dafür … und auch nicht das beste Holz … aber es wird schon irgendwann klappen, du wirst sehen.»

Edward versuchte es weiter und weiter. Er hatte keine Ahnung, wie viel Zeit bereits vergangen war, aber seine Hände begannen zu schmerzen und er merkte, wie er müde wurde. Vielleicht mussten sie die kalte Nacht doch ohne Feuer überstehen.

Aber da! Ein kleiner Funken!

Äusserst behutsam blies er auf das rauchende Zweiglein, legte es in das vorbereitete Blätterbett, blies weiter … und schliesslich züngelte eine winzige Flamme hervor.

«Noah! Sieh her, ich hab's geschafft! Wir haben ein Feuer! Jetzt wird's wohlig warm für uns.»

Noah staunte nicht schlecht, als Edward mit immer mehr Zweigen und Ästen ein immer grösseres Feuer entfachte, und die Flammen mit ihren Schatten einen wilden Tanz an die Höhlenwände malten.

Die beiden setzten sich so nah wie möglich ans Feuer und wärmten sich auf.

«Danke, Edward! So ein schönes Feuer, wer hätte das gedacht.»

«Ja, wer hätte das gedacht. Es braucht ziemlich viel Geduld, um auf diese Weise ein Feuer zu machen. Aber es ist ein unglaubliches Gefühl, wenn es dann endlich klappt.»

«Wo hast du das gelernt? Wie man Feuer macht?», wollte Noah wissen.

«Oh, von meinem Vater. Er war immer gern in der Natur unterwegs und fand, dass es etwas vom Wichtigsten wäre, dass man selbst Feuer machen kann. Dass es mittlerweile Feuerzeuge und Zündhölzer gab, interessierte ihn nicht. Meine Mutter hat ihn deshalb immer ein wenig belächelt, glaube ich … aber siehst du, jetzt war es uns doch sehr nützlich. Man merkt, wie wichtig gewisse Dinge sind, oft erst, wenn man sie wirklich braucht.»

Noah starrte fasziniert in die rote Glut.

«Es sieht wirklich aus wie ein Tanz, findest du nicht?»

Edward kniff die Augen zusammen.

«Ja, du hast recht. Ein Tanz der Flammen.»

«Ich kann gar nicht aufhören, hinzusehen!»

Auch Edward genoss es, dem brennenden Feuer zuzusehen. Er fühlte sich seltsam geborgen in dieser Höhle, und das hatte viel mit dem Feuer zu tun, das er mit seinen eigenen Händen entfacht hatte.

So sassen die beiden eine Weile schweigend vor dem knisternden Feuer, das sie wärmte, und hörten dem gleichmässigen Trommeln des Regens zu, der nicht aufhören wollte. Ab und zu legte Edward ein paar Äste nach, um dem Feuer mehr Nahrung zu geben. Dann setzte er sich wieder hin und schloss die Augen. Noah hatte sich hingelegt. Es war ein langer, anstrengender Tag gewesen, die beiden waren müde. Und so war das leise Knistern und Knacken des Feuers das einzige Geräusch, das in der Höhle noch zu hören war.

Noah wurde sanft durch fröhliches Vogelgezwitscher geweckt. Er rieb sich verschlafen die Augen und streckte sich ausgiebig. Dann sah er sich um. Edward schlief noch. Und er machte wieder einmal einen Riesenlärm dabei! Scin Schnarchen hallte durch die ganze Höhle. Noah musste unwillkürlich grinsen. Obwohl es ihn anfangs furchtbar genervt hatte, hatte er sich mittlerweile an das Schnarchen des Alten gewöhnt.

Das Feuer hatte aufgehört zu brennen. Nur noch an einzelnen Stellen erinnerte die orange Glut daran, dass hier letzte Nacht wunderschöne Flammen getanzt hatten. Sicherlich hätte man das Feuer neu entfachen können, aber es war nicht mehr nötig: Die Sonne schien direkt in den Höhleneingang. Noah setzte sich an die Sonne und genoss die wärmenden Strahlen auf seiner Haut. Es lag ein wunderschöner Tag vor ihnen.

Ein wenig später wachte schliesslich auch Edward auf und gesellte sich zu ihm.

«Guten Morgen, mein Junge. Was für eine Nacht!», gähnte er etwas gequält und hielt sich dabei den Rücken.

«Die Mulde im Sand war definitiv bequemer als dieses Steinbett hier.»

«Das stimmt. Aber wenigstens hatten wir es dank deines Feuers schön warm!»

Edward packte die beiden Steine, die er gebraucht hatte, um den entscheidenden Funken zu erzeugen, in seinen Rucksack. Vielleicht würden sie nochmal nützlich sein.

Die beiden wuschen sich das Gesicht mit dem eiskalten Wasser aus dem Bergbach. Das weckte ihre Lebensgeister und Abenteuerlust, und so setzten sie ihren Weg Richtung Gipfel fort.

10 Ganz oben

Weisse Wolken
bemalen den tiefblauen Himmel
als wäre die Unendlichkeit ihre Leinwand
in ständigem Neuwerden
ein nie fertiges Bild
Ausdruck des Lebens selbst
Manchmal braucht es keine Worte
Manchmal
spricht das Leben für sich

Als die Sonne ihren Höchststand erreichte, waren auch Noah und Edward nicht mehr so weit von ihrem Ziel entfernt. Die Bäume wurden immer seltener und ihr Pfad steiniger, wortwörtlich. Er führte nun steil bergauf und sie mussten ihr Tempo verlangsamen, denn Edward war schnell ausser Atem. Ausserdem war es nicht ganz einfach, auf dem Terrain Fuss zu fassen, da die Steine oft wegrutschten. Noah drehte sich immer wieder um, um sich zu vergewissern, dass sein Begleiter noch mit ihm Schritt halten konnte.

Aber sie konnten sehen, dass der Gipfel nicht mehr weit war, und so konzentrierten sie sich schweigend auf ihre Schritte. Als sie sich auf den letzten paar Metern befanden, spürten beide nochmals neue Kraft in den Beinen, um den Gipfel zu erreichen.

Oben angekommen sagte einen Moment lang keiner etwas. Edward wischte sich den Schweiss von der Stirn. Beide mussten zuerst einmal nach Luft ringen und ihren Puls etwas beruhigen. Und auch die Aussicht war so atemberaubend schön, dass man sie zuerst einmal ohne Worte in sich aufnehmen musste. In alle Himmelsrichtungen konnten sie bis zum Horizont sehen. Hinter ihnen lag die steinige Ebene, die sie durchquert hatten, und ein Glitzern am Horizont verriet, dass da wohl das Meer lag. In der anderen Richtung sahen sie eine bergige Landschaft mit vielen Wäldern, an einigen Stellen erkannte man die Windungen eines grossen Flusses und in weiter Ferne schneebedeckte Gipfel. Was für ein Ausblick!

Sie setzten sich auf die Steine und genossen das unglaubliche Panorama. Noah hielt sich an Edwards Bein fest, da er ein bisschen Angst hatte, das Gleichgewicht zu verlieren. Oder vielleicht hatte er auch Sorge, dass Edward das Gleichgewicht verlieren könnte. Oder beides.

«Ich hätte nicht gedacht, dass man von hier oben so weit sehen kann! Dieser Ausblick ist jeden Schritt wert, findest du nicht?», meinte Noah.

Edward nickte.

«Oh ja, diesen Anblick haben wir uns verdient.»

«Hast du oft Berge erklommen in deinem Leben?»

«Ich war auf einigen Gipfeln, ja. Es war immer wieder einzigartig und unglaublich schön. Einmal habe ich eine solche Wanderung bei Vollmond gemacht, mit guten Freunden, und dann haben wir auf dem Gipfel übernachtet und uns am frühen Morgen den Sonnenaufgang angesehen. Ich würde sehr viel geben, um das nochmal zu erleben! Ein Sonnenaufgang ist etwas Wunderschönes, ein Beginn, ein Neuanfang – und auch die Menschen, mit denen ich dieses Erlebnis teilen durfte, waren für mich etwas ganz Besonderes. Wir waren wirklich gute Freunde und haben vieles miteinander geteilt. Nicht immer nur die schönen Dinge, sondern auch die schwierigen, die traurigen, die schweren. Und auf diesem Berg, bei diesem Sonnenaufgang, da waren wir, glaube ich, einfach voller Dankbarkeit füreinander.»

Noah glaubte zu sehen, wie Edwards Augen glitzerten. Er hielt sich noch ein bisschen fester an seinem Bein fest. «War dein Freund, der Dichter, auch dabei?»

Edward lächelte glücklich.

«Ja, der war auch dabei. Und er hat später tatsächlich versucht, den Moment des Sonnenaufgangs in einem Text zu verpacken. Aber es ist ihm nicht wirklich zufriedenstellend gelungen. Manchmal ist das Leben nur schwer in Worte zu fassen.»

«Wir könnten ja auch hier oben übernachten und auf den Sonnenaufgang warten», schlug Noah vor.

Edward schüttelte den Kopf.

«Dafür sind wir leider nicht ausgerüstet. Wir haben kein Zelt, hier oben wird es noch um einiges kälter als in der Höhle. Und Holz für ein Feuer haben wir auch nicht. Das würde eine ziemlich ungemütliche Nacht werden, glaub mir.»

Noah nickte zustimmend und dachte daran, wie er gefroren hatte, bevor das Feuer endlich brannte.

«Dann lassen wir das lieber sein.»

Eine Weile genossen sie still das fantastische Panorama, bis Edward schliesslich tief Luft holte und sagte: «Man hat das Gefühl, man ist nicht allein hier oben, findest du nicht auch?»

Noah kniff die Augen zusammen.

«Stimmt, ich bin auch noch hier!», lachte er.

Doch dann schloss er die Augen und wurde ganz still. Schliesslich sagte er fast unhörbar: «Ich weiss, was du meinst. Ich glaube, das ist so ein Moment mit ganz viel Poesie, nicht wahr?»

Edward nickte lächelnd.

«Oh ja, hier und jetzt ist das Leben reine Poesie. Andere würden vielleicht sagen, sie spüren die Anwesenheit Gottes. Oder einer anderen höheren Energie. Es ist ein eigenartiges, schönes Gefühl, nicht?»

«Meinst du, das ist so, weil wir so nahe an seinem Himmel sind?», fragte Noah.

«Könnte sein. Ich weiss allerdings nicht, ob das wirklich sein Himmel ist. Ich glaube, er ist ein bisschen überall zuhause, man muss nur aufmerksam sein, dann kann man ihn spüren.»

Noah legte den Kopf schief.

«Und was tut er überall? Unsere Leben lenken?»

«Das glaube ich nicht. Ich glaube nicht, dass das seine Aufgabe ist.»

«Was macht er dann den ganzen Tag?»

«Was denkst du denn, was er macht?»

«Ich weiss nicht, was ein Gott so macht. Zum Wetter schauen?»

Daraufhin mussten beide herzhaft lachen.

«Ja, vielleicht schaut er einfach ein bisschen zum Wetter. Wer weiss!»

«Was denkst du denn, Edward?»

Der Alte überlegte einen Moment, bevor er antwortete: «Ich glaube, er ist da, um uns aufzufangen, wenn wir mal vergessen, dass wir das Steuer selbst in der Hand halten. Weisst du, ich bin fest davon überzeugt, dass wir unser Leben selbst lenken. Dass wir entscheiden können, wo der Weg hingeht. Aber das kann auch eine sehr beängstigende

Vorstellung sein, besonders wenn wichtige oder schwierige Entscheidungen anstehen oder dir das Leben den Boden unter den Füssen wegreisst. Dann kann es sehr beruhigend sein zu wissen oder zu glauben, dass da noch jemand ist, der das Steuer übernimmt, wenn man selbst nicht mehr kann.»

«Weiss man das oder glaubt man das?»

«In dem Moment fühlt sich beides sehr ähnlich an, denke ich.»

Noah stand auf und mimte einen Kapitän auf einem Schiff.

«Weisst du, Edward, ich freue mich darauf, Kapitän zu sein und das Steuer zu übernehmen. Das muss ein tolles Gefühl sein!»

Edward lachte.

«Das ist es, lieber Noah. Das ist es tatsächlich. Es gibt so viel, was du sein kannst, so viel, das du tun kannst. Du kannst immer wieder wählen, was für ein Leben du leben möchtest. Es ist nichts, das dir einfach so widerfährt, das einfach so geschieht. Mir gab diese Gewissheit immer viel Kraft. Andere finden ihre Kraft wiederum in der Überzeugung, dass alles nach einem bestimmten Plan verläuft, vielleicht einem göttlichen Plan, und sie somit nicht die eigentliche Entscheidungsgewalt in ihrem Leben haben. Das muss jeder für sich selbst herausfinden.»

«Ich glaube, ich will ein Kapitän sein!», rief Noah. Doch plötzlich runzelte er die Stirn. Er schien verunsichert.

«Und was ist, wenn ein Sturm aufkommt?»

Edward hielt den Jungen an den Schultern fest.

«Na, was tut denn ein Kapitän, wenn ein Sturm aufkommt?»

Da lachte Noah wieder.

«Er lenkt das Schiff sicher durch die Wellen!»

«Ganz genau. Es werden ganz sicher Stürme auf dich zukommen. Kleinere und vielleicht auch ganz grosse. Und dafür kannst du nichts. Manchmal gibt es Umstände im Leben, für die kann man nichts, und man kann sie auch nicht ändern. Aber für dein Schiff bist du verantwortlich. Es kann ziemlich ungemütlich werden in den Wellen des Lebens; da kann einem schon mal übel werden. Aber auch der schlimmste Sturm geht wieder vorbei. Alles geht immer wieder vorbei.»

Die beiden sassen noch eine Weile auf dem Gipfel, bevor Edward beschloss, dass es Zeit wurde für den Abstieg. Als sie aufbrachen, genoss Noah noch ein letztes Mal den Ausblick. Er holte tief Luft, als wolle er so das Bild in sich speichern.

«Irgendwie habe ich hier oben das Gefühl, dass alle Herausforderungen, die auf mich zu kommen, gar nicht so gross sind. Im Gegenteil. Von hier oben ist alles so winzig klein. Hier habe ich das Gefühl, dass ich alles schaffen kann.»

«Dann weisst du ja, wo du hinmusst, wenn du mal das Gefühl hast, dass dir alles zu viel wird», meinte Edward vielsagend und zwinkerte.

«Auf den nächsten Berg!»

Und die zwei Gefährten machten sich an den nicht wenig beschwerlichen Abstieg.

11 Bist du glücklich?

Das Glück kommt nicht immer so in unser Leben, wie wir uns das vorgestellt haben.

Auch auf dem Weg nach unten mussten die beiden immer wieder Pausen einlegen. Zum Glück führte ihr Pfad sie bald wieder entlang des Bergbaches, der sich in seinem steinigen Bett seinen Weg durch den Wald bahnte. So konnten sie immer wieder vom klaren Wasser trinken und sich abkühlen. Je älter der Tag aber wurde, umso weniger Kraft hatten die Sonnenstrahlen, und als die Sonne schliesslich hinter den Berggipfeln versank, waren sie dankbar für die Wärme, mit der die Luft noch angefüllt war.

Am Fusse des Berges angelangt, entdeckte Noah eine verlotterte Holzhütte mit einem grossen verwilderten Garten.

«Sieh mal, Edward. Ob da wohl noch jemand wohnt?»

Die Hütte hatte definitiv schon bessere Tage erlebt. Einige Fensterscheiben waren eingeschlagen, davor hingen Spinnweben. Die Tür hing schief in den Angeln und auf dem Dach fehlten Ziegel, die im Garten verteilt herumlagen. Vermutlich war das Haus bei einem Sturm in Mitleidenschaft gezogen worden.

«Hier ist wohl niemand mehr zuhause», meinte Edward. Auch der einst wohl gepflegte Garten war komplett überwachsen.

«Ich glaube, es stört niemanden, wenn wir uns hier bedienen», rief Edward entzückt. Unter den wild wuchernden Pflanzen und Sträuchern hatte er Kürbisse entdeckt.

«Wunderschöne Butternuss- und Hokkaido-Kürbisse!»

«Hokka- was?»

Doch Edward hörte ihn nicht. Er hatte sein Messer gezückt und war im Gestrüpp verschwunden. Als er wieder auftauchte, streckte er dem Jungen einen beachtlichen Kürbis entgegen und strahlte. «Hokkaido-Kürbisse, perfekt gereift. Das wird ein Festmahl!»

Gemeinsam füllten die beiden Edwards Rucksack mit den grossen orangenen Kugeln. Edward klemmte sich noch einen grossen unter den Arm. Auch Noah wollte noch einen grossen mitnehmen, aber als er merkte, wie schwer sein Favorit war, entschied er sich doch für einen kleineren.

«Es ist schon ziemlich spät», bemerkte der Alte plötzlich. Der Abstieg vom Gipfel hatte länger gedauert, als er dachte, und die übriggebliebene Wärme der Sonne wich langsam aber sicher einer herbstlich kühlen Frische.

«Das heisst?», fragte Noah, der gerade versuchte, seinen Kürbis auf dem Kopf zu balancieren.

Edward blickte zu der verlotterten Hütte und runzelte die Stirn. Noah bemerkte seinen Blick und erstarrte.

«Du willst doch nicht in dieser Hütte schlafen?»

Edward wandte sich ihm zu.

«Naja, wir werden wohl in nützlicher Frist keine bessere Unterkunft finden für die Nacht …»

«Aber das könnte eine Geisterhütte sein! Das ist furchtbar gruselig!», rief Noah entsetzt.

«Ich weiss nicht, ob es Geister gibt, Kleiner. Aber wenn, dann gibt es sicher auch gute Geister. Gehen wir einfach mal davon aus, dass in dieser Hütte nur die guten ein und aus gehen. Es hilft ungemein, wenn man einfach vom Besten ausgeht. Na, komm.»

Edward bemühte sich, Zuversicht auszustrahlen, und lief mit festem Schritt auf die Hütte zu – in der Hoffnung, Noah sähe sein so gar nicht überzeugtes Gesicht nicht. Der Junge folgte ihm widerwillig in einigem Abstand.

Die holzige Tür öffnete sich mit einem lauten Quietschen und schien gleich aus den Angeln zu fallen. Edward trat zögerlich ein.

«Hallo? Gibt es hier Geister?», flüsterte Noah.

«Meinst du, die würden sich gleich zeigen, wenn es sie gäbe?»

«Weiss nicht. Aber es kann ja nicht schaden, mal zu fragen.»

Da hatte er in der Tat recht.

«Meinst du, hier können wir ein Feuer machen?»

Edwards Augen gewöhnten sich langsam an das schlechte Licht in der Hütte und was er sah, stimmte ihn nicht gerade zuversichtlich. Es war wohl die Behausung eines Jägers gewesen, denn gegenüber standen mehrere Gewehre in einem Schrank und an den Wänden konnte er die Geweihe und ausgestopften Köpfe verschiedener Tiere aus dem Wald erkennen. Die würden Noah bestimmt Angst einjagen, hier würde er kein Auge zu tun.

Edward drehte sich rasch um und schob den Jungen sanft, aber bestimmt aus der Hütte hinaus.

«Weisst du, ich glaube, wir bleiben doch besser draussen. Hier drinnen können wir kein Feuer machen und … ja, das geht hier drin nicht.»

Noah war verwirrt, aber schien nicht gerade unglücklich darüber, nicht in der Hütte übernachten zu müssen.

«Und was machen wir jetzt?»

Edward sah sich um. Er wusste auch nicht, was nun wohl die beste Entscheidung war. Weiterlaufen? Es war schon am Eindunkeln und er wollte lieber nicht ungeschützt mitten im Wald übernachten müssen. Aber die Hütte war nicht wirklich eine gute Option.

«Ich weiss es ehrlich gesagt auch nicht, Noah.»

«Ich schaue mich mal ein bisschen um», entschied der Junge und trottete wieder auf die Hütte zu.

«Geh aber nicht hinein, ja?»

«Keine Angst, ich gehe sicher nicht freiwillig zu den Geistern.»

Edward stellte seinen Rucksack hin und rieb sich das Kreuz. Er blickte zurück zu dem Gipfel, den sie gemeinsam bestiegen hatten. Die Bergspitze strahlte noch rötlich im Sonnenlicht, während das Tal bereits im Schatten lag. Es war schon erstaunlich, welche Berge man erklimmen konnte, wenn man sich nur immer auf den nächsten Schritt konzentrierte, sinnierte der Alte, als er Noah rufen hörte: «Edward, sieh mal, da hinten ist noch ein Schuppen! Vielleicht können wir uns da hinlegen?»

Er kniff die Augen zusammen. Tatsächlich, am Waldrand, etwas versteckt, stand ein Holzschuppen. Edward folgte Noah. Als sie näherkamen, erkannten sie, dass es ein Brennholzunterstand war. Er schien noch in etwas besserem Zustand zu sein als die Hütte. Zumindest waren die Seitenwände einigermassen intakt und würden die Kälte wenigstens etwas abhalten. Und das Feuerholz, das gestapelt war, schien trocken zu sein.

«Na also, das wird unser Nachtlager. Jetzt brauchen wir aber noch kleine trockene Äste und Laub, damit wir ein Feuer machen können. Hilfst du mir?»

Noah nickte und begann sofort eifrig damit, kleine Äste zu sammeln oder von den nahestehenden Bäumen abzubrechen.

Edward kramte zwischen den Kürbissen die beiden Steine hervor, die er in der Höhle eingepackt hatte. Wer hätte gedacht, dass er sie in dieser Nacht schon wieder brauchen würde. Dieses Mal ging es glücklicherweise etwas schneller, bis die kleinen, trockenen Zweige brannten und sie mit dem gelagerten Holz ein schönes, grosses Feuer machen konnten. Edward schnitzte zwei Äste zurecht und sie hielten damit Kürbisschnitze übers Feuer. Mittlerweile war es dunkel geworden und am Firmament leuchteten tausende Sterne. Die Berge schienen sich wie dunkle Schatten vor den gesprenkelten Nachthimmel zu schieben.

«Weisst du noch, unsere Nacht am Strand? Als wir über die Sterne gesprochen haben?», fragte Edward. Noah hob den Blick und seufzte zufrieden bei der Erinnerung daran.

«Ja, das war wunderschön. Aber ich glaube, so ein Sternenhimmel ist immer schön, egal wo man gerade ist, egal was einem gerade so durch den Kopf geht.»

Edward nickte lächelnd.

«Das hast du schön gesagt, Kleiner. Ich glaube, mit den Sternen ist es ein bisschen wie mit dem Meer. Sie können Fragen aushalten, auch grosse Fragen, und manchmal findet man in ihrem Leuchten auch eine Antwort.»

«Das ist bestimmt deshalb so, weil sie uns mit ihrem Licht im Dunkeln an die Menschen erinnern, die in unseren Herzen weiterleuchten und uns dabei helfen, unsere Antworten zu finden.»

Edward sah den Jungen an, überrascht von der Tiefe seiner Aussage.

«So habe ich mir das noch nie überlegt. Das ist eine wunderschöne Vorstellung, Noah.»

Es wurde eine Weile still und beide genossen die Wärme und das Licht des Feuers in der dunklen Nacht. Glücklicherweise schien Noah die gespenstische Hütte, die in der Nähe stand, völlig vergessen zu haben. Edward schielte ab und zu in die Richtung und konnte ihre Umrisse im Dunkeln erkennen, doch Geister waren keine zu sehen. Er legte sich auf den Rücken und streckte seine müden Beine. Die Bergwanderung war für seinen alten Körper doch eine ziemliche Herausforderung gewesen, auch wenn er für sein Alter noch in guter Verfassung war. Schon bald fielen ihm die Augen zu, doch Noah liess ihn noch nicht schlafen.

«Edward?»

«Ja?»

«Bist du eigentlich glücklich?»

Der Alte gähnte laut und öffnete die Augen.

«Wieso fragst du? Sehe ich unglücklich aus?»

«Nein, überhaupt nicht, im Gegenteil. Genau deshalb frage ich. Du hast so viel erlebt, ich weiss erst von einem Bruchteil von alldem, was in deinem Leben alles passiert ist. Du hast mir versprochen, irgendwann auch von den unschönen Spuren zu erzählen, also gab es mit Sicherheit auch schwere Zeiten für dich. Und trotzdem, seit wir zusammen unterwegs sind, habe ich das Gefühl, mit einem glücklichen Mann unterwegs zu sein.»

Edward setzte sich auf und kratzte sich wie so oft an seinem Bart, der seit dem Beginn ihrer Reise merklich gewachsen war.

«Ich würde sagen, ich bin zufrieden. Ich war nicht immer zu jeder Zeit in meinem Leben glücklich, ich glaube, das ist niemand. Aber wenn ich zurückblicke auf mein Leben, dann hatte ich meistens eine gewisse Ruhe und Zufriedenheit in mir. Ich denke, das habe ich ein bisschen von meinem Vater mitbekommen. Er hat nie in grossem Luxus gelebt und führte stets ein einfaches und bescheidenes Leben, arbeitete jeden Tag hart und war am Abend entsprechend oft sehr müde. Aber er wirkte auf mich immer zufrieden.»

Noah legte ein wenig Holz ins Feuer.

«Was denkst du, warum war das so?»

Edward blickte in den Sternenhimmel.

«Ich glaube, weil er sich nie mit anderen verglich. Es hat ihn nie gekümmert, was andere hatten oder taten. Er hat sich stets auf sich und seine Familie konzentriert. Und obwohl wir kein Leben in Saus und Braus geführt haben und mein

Vater mit den Jahren vom vielen Arbeiten einige körperliche Beschwerden ertragen musste, hat er sich nie beklagt.»

«Man kann also auch glücklich oder zufrieden sein, wenn gerade etwas Schlimmes passiert ist? Oder wenn man eigentlich traurig ist? Das verstehe ich nicht ganz.»

Noah stocherte mit dem Holz im Feuer herum, dass die Funken stieben.

«Ich glaube, man ist genau dann glücklich oder eben zufrieden, wenn sich diese Frage gar nicht stellt. Wenn man gar nicht darüber nachdenken muss, sondern einfach das pure Leben mit all seinen Höhen und Tiefen die eigene Existenz so erfüllt, dass sich diese Frage erübrigt, weil man weiss, dass alle Gefühle dazugehören und manchmal aus etwas Traurigem das grösste Glück entstehen kann. Die Aussicht auf dem Berg heute war auch deshalb besonders schön, weil wir aus dem Tal die ganze anstrengende Reise nach oben auf uns genommen und geschafft hatten. Wir waren ganz unten und dann ganz oben, und so ist es im Leben manchmal auch. Ich glaube, es hilft beim Zufrieden-Sein, wenn wir uns immer das ganze Bild vor Augen führen und uns bewusst sind, was wir alles schon geschafft haben, was wir alles haben. Natürlich gibt es manchmal Dinge im Leben, die einen wirklich sehr traurig machen. Es gibt Momente, in denen man das Glück gerade nicht sehen kann. Aber auch das geht irgendwann wieder vorbei. Glücklich zu sein ist eine Momentaufnahme. Wenn ich zum Beispiel gerade auf dem Gipfel eines Berges stehe und die Aussicht geniesse oder mir am Strand die Sonne ins Gesicht scheint. Zufriedenheit ist eher der

Blick über das Ganze. Vielleicht kannst du es dir so vorstellen, wie wenn du eine Waage hättest, auf die du die schönen und die traurigen Momente deines Lebens legst. Manche wiegen schwerer, manche sind aber auch ganz leicht – und wenn die Waage eher in Richtung Glück fällt, dann ist man, denke ich, zufrieden.»

Noah wandte sich seinem Gefährten zu und nickte anerkennend.

«Du kannst die Dinge immer so erklären, dass ich sie verstehe.»

Das Feuer knisterte leise, über ihnen leuchteten die Sterne am Nachthimmel. Noah und Edward schliefen in dieser Nacht beide mit einem zufriedenen Herzen ein – und mit dem Gedanken daran, dass sie heute einen imposanten und herausfordernden Gipfel gemeinsam erklommen hatten.

12 Im Herbstwald

Einen brauchst du
Der dich beim Namen nennt
und dich dahinter wirklich kennt
hinter dir steht
aber auch neben dir geht
Der mit dir lacht und weint
und nicht glaubt, was scheint
mit dir in Träumen versinkt
und dir doch Wahrheit schenkt
Der dich immer findet
und doch nicht an sich bindet

Der an dich glaubt, mit dir hofft, dich liebt
der dir einfach alles gibt

Der Weg führte Noah und Edward nun durch einen dichten Wald. Bei jedem Schritt raschelte das Laub unter ihren Füssen. Die Bäume waren bereits herbstlich verfärbt und leuchteten in den prächtigsten Farben. Die Luft schien mit einem goldenen Schimmer gefärbt zu sein, wenn die Sonne durch die geröteten Blätter fiel. Es war zwar immer noch angenehm mild, doch merkte man bereits, dass die Sonne nicht mehr ganz so stark zu wärmen vermochte.

Hin und wieder huschte ein Eichhörnchen über den Weg, das seinen Wintervorrat an Nüssen anlegen wollte. Noah war jedes Mal entzückt und wollte unbedingt eines streicheln, was ihm aber nicht gelingen wollte, weil die Eichhörnchen doch etwas misstrauisch waren gegenüber den beiden Besuchern ihres Waldes. Schliesslich kam er auf die Idee, dass er vielleicht eines anlocken könnte, wenn er ein paar Nüsse oder Tannenzapfen anzubieten hätte. Also sammelte er eifrig, was der Waldboden zu bieten hatte. Es dauerte eine ganze Weile, bis sich das nächste Eichhörnchen blicken liess, doch Noah war geduldig und streckte ihm eine Hand voll mit den gesammelten Nüssen hin. Das Eichhörnchen ignorierte ihn zuerst, doch plötzlich schien es tatsächlich Interesse zu zeigen. Es kam ein paar Schritte näher, blieb dann wieder stehen, schnupperte, kam vorsichtig noch näher.

«Schau nur, Edward», flüsterte Noah aufgeregt. Die beiden versuchten möglichst still zu bleiben.

Tatsächlich traute sich das Eichhörnchen bis zu Noahs Hand und klaubte ihm rasch eine Nuss aus den Fingern. Es schien einen Moment zu zögern, vielleicht noch eine zweite Nuss zu ergattern, doch dann drehte es sich um und huschte davon. Ein paar Sekunden später war der buschige rote Schwanz im Geäst der Bäume verschwunden.

Noah strahlte wie ein Honigkuchenpferd.

«Eichhörnchen sind wirklich toll, Edward.»

Der Alte lächelte. Es war schön, Noah so fröhlich zu sehen. Manchmal hatte er das Gefühl, dass er ihn in ihren Gesprächen ein bisschen einschüchterte oder überforderte mit all den Erzählungen über die Herausforderungen, die das Leben für ihn bereithalten konnte. Aber wenn er den Jungen so sah, verspielt und glücklich, dann hatte er doch das Gefühl, dass sie auf dem richtigen Weg waren. Schliesslich würde er sich erst viel später wieder mit diesen Themen auseinandersetzen. Bis dahin würde noch viel Zeit vergehen, in der Noah hoffentlich genauso unbeschwert glücklich sein konnte wie jetzt gerade.

Edward atmete die frische Waldluft ein.

«So ein Herbstwald ist einfach etwas unglaublich Schönes, nicht wahr?»

Noah nahm einen Haufen oranger Blätter und warf sie lachend in die Luft.

«Es ist einfach wunderbar!»

«Im Herbst zeigen uns die Bäume, wie wunderschön es sein kann, Dinge loszulassen, sagte mein Freund immer. Der Dichter, du erinnerst dich. Man sagt, dass es Glück bringt, wenn man ein Blatt fangen kann, das gerade von einem Baum fällt», meinte Edward.

«Und das sagst du mir erst jetzt?», rief Noah und begann sofort, nach herunterfallenden Blättern Ausschau zu halten. Er rannte von Baum zu Baum und versuchte, die zwirbelnden Blätter aufzufangen, was ihm nicht recht gelingen wollte. Im sanften Herbstwind bewegten sie sich ziemlich unvorhersehbar. Nach einer Weile erfolglosen Versuchens stellte Noah schliesslich fest: »Das ist ziemlich schwierig.»

Edward grinste vielsagend. «Vielleicht weil man das Glück nicht jagen kann!»

Noah verwarf die Arme. «Natürlich. Sonst ist es ja kein Glück. Wieso habe ich daran nicht gedacht?»

Sie lachten beide.

Der Weg durch den herbstlich gefärbten Wald war mitunter einer der schönsten Abschnitte auf der Reise von Noah und Edward. Es war kaum vorstellbar, dass in ein paar Tagen, vielleicht Wochen, die goldenen Blätter alle gefallen sein und von dem prächtigen Farbenspiel nur noch die leeren Äste übrigbleiben würden, kahl und bereit für den Winter.

Noah hatte doch noch einige herunterfallende Blätter fangen können, die er nun lautstark zählte, um sich zu vergewissern, wie viel Glück er angesammelt hatte. Er merkte dabei nicht, dass die beiden an einer Weggabelung angelangt waren, und er schlug, ohne nachzudenken, den rechten Weg ein. Edward blieb einen Moment stehen und sah sich um, doch dann dachte er sich, dass der Weg sie so oder so an den richtigen Ort führen würde, und folgte dem Jungen.

Langsam lichteten sich die Bäume – sie hatten wohl das Ende des grossen Waldes erreicht. Tatsächlich, als Edward den Blick hob, lag vor ihnen, eingebettet in steil abfallende Berge, auf deren Gipfeln schon der Schnee lag, ein wunderschöner, tiefblauer Bergsee. Das Wasser war spiegelglatt und kristallklar, so dass sich die umliegenden orange gefärbten Bäume darin spiegelten.

«Dass ich nochmal einen Indian Summer erleben würde, wer hätte das gedacht!», murmelte Edward leise und lächelte glückselig.

«Was sagst du?», rief Noah, der gerade seine zwölf Glücksblätter einsteckte.

«Schau nur, Noah, hast du den See gesehen?»

Noah lachte glücklich auf, als er den See erblickte.

«Weisst du, es ist schon verrückt, wo wir hinkommen, habe ich das Gefühl, dass es nicht schöner werden kann. Ausser vielleicht in der Steinebene. Na gut, und abgesehen von der grusligen Hütte. Und dann? Dann wird es doch noch schöner!», rief er und marschierte los. Edward vermutete, dass er nicht um ein herbstliches Bad im Bergsee herumkommen würde. Und so war es auch. Kaum hatten sie den See erreicht, entledigte sich Noah seiner Kleider, sprang jauchzend ins Wasser und tauchte prustend wieder auf.

«Komm, Edward! Es ist so wunderbar! Das Wasser ist noch ganz warm!»

Da gingen die Empfindungen der beiden ein bisschen auseinander, aber Edward entschied sich, die Gelegenheit zu nützen und die Erinnerungen an seine letzte Kanada-Reise etwas aufzufrischen.

Er hielt kurz den Atem an, als er bis zu den Schultern ins Wasser eintauchte. Das frische und reine Seewasser schien seinen Körper neu zu beleben. Es fühlte sich genauso an wie damals, als er mit seinen zwei besten Jugendfreunden für drei Monate in Kanada unterwegs gewesen war. Im Nationalpark in Banff hatten sie am Lake Louise ihr Lager aufgeschlagen und waren splitterfasernackt ins Wasser gesprungen – und hatten hinterher allesamt blaue Zehen, weil das Wasser doch sehr kalt war, dies aber natürlich keiner zugeben wollte. Es waren schon einige Flaschen Bier im Spiel gewesen. Umgeben von den hohen Bergen war die Kulisse fast wie in den Rocky Mountains – nur dass es in Kanada mehr Fichten um den See gehabt hatte als hier.

Wie frei wir damals waren, dachte Edward. Es war eine unbeschwerte Zeit gewesen – und zugleich auch die letzte gemeinsame Reise mit seinen beiden Freunden.

Edward hielt es nicht sehr lange im kühlen Wasser aus, im Gegensatz zu Noah, der fröhlich herumplanschte und möglichst schwere Steine suchte und ins Wasser warf, nur um sich strahlend umzudrehen und sich zu vergewissern, dass Edward auch ja gesehen hatte, wie hoch das Wasser beim letzten Steinwurf gespritzt war.

Edward entschied, ein wenig abseits vom Seeufer ein Feuer zu machen. Das würde sie in der Nacht warmhalten. Er machte sich auf, um ein paar Äste zu suchen, was im Herbstwald nicht so schwierig war – das Holz war sehr trocken, da es eine ganze Weile nicht mehr geregnet hatte. Noah gesellte sich schliesslich zu ihm.

«Mir ist kalt», nuschelte Noah und klapperte mit den Zähnen.

«Ach, ich dachte der See sei so warm?», meinte Edward und grinste. Noah schnitt eine Grimasse.

«Das war er ja auch. Aber die Luft ist kalt.»

«Na komm. Das Feuer brennt bald, dann kannst du dich aufwärmen. Bis dahin kannst du dich ja im Steineschippern versuchen, das wird dich auch wärmen.»

«Was soll ich versuchen?»

Edward hob den Kopf und sah Noah an. Manchmal entfiel ihm, dass der Junge so viele Dinge noch gar nicht kannte, noch nie erlebt hatte. Dass sein Leben ja erst auf ihn zukam, und er vieles mit ihm, Edward, zum ersten Mal sah, ausprobierte, entdeckte. Und dass er, so wie Edward vermutete, alles wieder vergessen würde, bis sein Vater oder Grossvater oder vielleicht auch irgendjemand sonst ihm das Steineschippern beibringen würde. Oder würde er es vielleicht gar nie lernen, gar nie erleben? Es war ja völlig ungewiss, welches Leben auf Noah wartete. Was hatte es also für eine Bedeutung, wenn er all diese Dinge mit Noah machte, ihm so viel über das Leben, über sein Leben, erzählte, wenn dieser sich doch an nichts erinnern würde? War ihre gemeinsame Reise wirklich so wichtig?

«Edward?»

Ein etwas ungeduldiger Noah riss den Alten aus seinen Gedanken.

«Ich werde es dir zeigen», sagte Edward. «Such mal ein paar runde und möglichst flache Steine.»

Noah tat wie geheissen und machte sich auf die Suche.

Einige Minuten später brannte das Feuer bereits.

Edward betrachtete sein Werk nicht ohne Stolz.

«Komm, Noah, jetzt kannst du dich aufwärmen!»

Sie setzten sich ans Feuer und genossen die Wärme. Edward hatte vorsorglich genug grosse Äste bereitgelegt, um das Feuer noch etwas zu füttern, sobald die Nacht hereinbrechen würde.

«Zeigst du mir nun, wie man Steine schippert?», fragte Noah nach einer Weile.

«Natürlich. Ich bin vermutlich etwas aus der Übung, aber das bekommen wir schon hin. Also, du brauchst einen möglichst flachen Stein mit abgerundeten Kanten. So wie dieser hier.»

Edward nahm einen geeigneten Stein vom Haufen, den Noah angelegt hatte. Er reichte dem Jungen auch einen und erklärte ihm, wie er sich am See hinstellen musste, wie er den Stein halten und werfen musste, damit dieser möglichst oft über das Wasser hüpfte.

Noah staunte nicht schlecht, als Edward seinen ersten Stein warf und dieser gleich sieben Mal übers Wasser sprang, bevor er versank.

«Das schaffe ich nie!»

«Natürlich schaffst du das. Alles eine Frage der Technik.»

Noahs erster Stein plumpste ohne einen einzigen Hüpfer ins Wasser. Der zweite auch, gefolgt vom dritten.

«Das ist echt schwierig», murmelte er etwas frustriert.

«Du hast es erst drei Mal versucht. Weisst du, wie viele Steine ich erfolglos ins Wasser geworfen habe, bevor einer mal gesprungen ist?»

Noah nahm den nächsten Stein.

«Vielleicht vier?» – und warf den Stein, der zum Erstaunen beider drei Mal hüpfte und dann versank. Ein freudiges Lächeln machte sich auf Noahs Gesicht breit.

«Ich hab's drei Mal geschafft!»

Edward warf seinen nächsten Stein, der ganze zwölf Mal aufsprang.

Mit einem anerkennenden Schnauben und angestachelt von Edwards Erfolg griff Noah nach seinem nächsten Wurfgeschoss.

«Das will ich auch können!»

Und so verging die letzte Stunde vor dem Sonnenuntergang im Nu. Ohne viel zu sagen, warfen die beiden Stein um Stein ins Wasser, sie freuten sich, wenn einem ein besonders guter Wurf gelang, und hin und wieder gab Edward Noah noch ein paar Tipps.

Wie er dem Kleinen so zusah und ihn immer wieder ermunterte, wurde Edward etwas wehmütig. Es waren genau solche Momente, die er so gerne mit einem Sohn, oder auch einer Tochter, erlebt hätte. Bei dem Gedanken daran, dass er dies nie hatte erleben können, wurde sein Herz ein bisschen schwer. Aber vielleicht war diese Reise mit Noah nun seine

Möglichkeit, zumindest ein bisschen etwas von dem zu erleben, das ihm verwehrt geblieben war.

Als schliesslich die Sonne schon eine Weile hinter den Berggipfeln verschwunden war und es immer dunkler wurde, setzten sie sich wieder ans Feuer. Edward schnitt kleine Kürbisschnitze, die sie auf angespitzte Äste steckten und über dem Feuer grillten. Es war ein bescheidenes Mahl, aber das waren die beiden gewohnt.

Noah warf noch ein paar grosse Äste ins Feuer, so dass die Flammen wieder wachsen konnten. Derweil war das letzte dämmrige Tageslicht verschwunden und am Himmel über ihnen erstreckte sich mit ihren abertausenden von Sternen die Milchstrasse. Die gewaltige Schönheit der Natur hier an diesem abgelegenen Bergsee war einmal mehr kaum in Worte zu fassen. Die beiden schwiegen eine Weile und hingen ihren Gedanken nach. Edward erinnerte sich an den Gedanken, den er früher an diesem Abend gehabt hatte.

«Was glaubst du, wo uns unser Weg noch hinführt?», fragte er den Jungen vorsichtig.

Noah hatte seinen Kopf auf die rechte Hand gestützt.

«Ich weiss nicht, Edward, sag du es mir. Du warst doch schon so viel unterwegs.»

«Das stimmt, ich war unterwegs … aber noch nie in dieser Rolle, noch nie mit einem kleinen Begleiter wie dir.»

Noah hob den Kopf.

«Dann weisst du auch nicht genau, wo wir hingehen?»

«Naja, ich weiss, dass wir am Ende immer am richtigen Ort landen werden.»

«Mir hast du mal gesagt, das zu wissen, sei genug.» Edward lächelte.

«Habe ich das gesagt?»

Noah nickte.

«Und dass ich mir keine Sorgen machen soll, wenn ich all das hier wieder vergesse, weil ich mich irgendwann vielleicht wieder daran erinnern werde. Es macht mich aber immer noch sehr traurig.»

«Das kann ich verstehen.»

«Aber ich bin ja deinetwegen hier!»

Edward blinzelte erstaunt.

«Wie meinst du das?»

«Natürlich geht es hier um dich, Edward!»

Diese klare Antwort überraschte den Alten.

«Ach?»

«Aber klar! Wer von uns beiden hat denn etwas zu erzählen? Wer von uns hat ein ganzes Leben gelebt? Stell dir vor, es ginge auf dieser Reise um mich – das wäre ja eine ziemlich langweilige Sache, was sollte ich schon erzählen.»

Noah warf einen kleinen Ast ins Feuer, dass die Funken stoben, als wollte er damit seine Worte unterstreichen.

«Nein, es ging hier immer um dich, lieber Edward. Ich höre doch nur zu», sagte er leise und seine Augen leuchteten vielsagend im flackernden Licht. «Vielleicht braucht man am Ende einer guten Geschichte jemanden, mit dem man sie teilen kann. Vielleicht kann man gewisse Dinge auch selbst nur verstehen, wenn einem jemand zuhört. Vielleicht braucht man einfach jemanden.»

Edward betrachtete Noah, diesen kleinen Jungen, der manchmal mit so viel Weisheit und Wahrheit sprach, dass er es kaum glauben konnte.

«Vielleicht …»

13 Wie die Zeit vergeht

Ein Wimpernschlag
die Zeit beginnt
Am Anfang der Dinge
die Sehnsucht erwacht

Ein Atemzug
die Zeit verschwimmt
das Geheimnis gefunden
das Leben entdeckt

Ein Schritt
die Zeit verrinnt
die Sehnsucht gestillt
die Träume bewahrt

Ein Seufzen
die Zeit bestimmt
das Herz berührt
das Leben gelebt

Als Edward am nächsten Morgen die Augen öffnete, spürte er jeden Knochen in seinem gealterten Körper. Das Bad im kühlen Bergsee hat vor über fünfzig Jahren auch noch weniger Auswirkungen gehabt, dachte er, als er sich leise stöhnend aufrichtete und den Schlaf aus den Augen rieb. Noah lag nicht neben ihm. Er schaute sich suchend um und erblickte den Jungen am Ufer des Sees – wie konnte es anders sein – beim Steineschippern.

Er gesellte sich zu ihm und warf auch noch ein paar Steine. Lustig, wie man immer hoffte, dass es beim nächsten Stein noch besser klappen würde. Und dann wieder beim nächsten. Es war eine so einfache Beschäftigung und doch konnte man sich damit gefühlt stundenlang die Zeit vertreiben – obwohl Edward diese Redewendung so gar nicht mochte, denn er fand nicht, dass die Zeit etwas war, das man vertreiben musste. Kurz darauf sprach Noah genau dieses Thema an.

«Wie lange sind wir schon hier am Schippern, Edward?»

«Ich habe keine Ahnung. Bestimmt schon eine Stunde.»

«Ist eine Stunde immer gleich lang?»

«Eine Stunde hat immer gleich viele Minuten, ja. Aber sie kann sich sehr unterschiedlich lang anfühlen.»

«Warum ist das so?»

«Naja, wir nehmen die Zeit nicht immer gleich wahr. Wenn wir Dinge tun, die uns Spass machen, oder wenn wir mit Menschen zusammen sind, die wir gern haben, dann fühlt es sich meistens so an, als würde die Zeit sehr viel schneller vorbeigehen, als wenn wir auf der Arbeit sind oder im Stau stehen. Ich glaube, dieses Phänomen haben sogar sehr gescheite Physiker mal untersucht.»

«Also kann sich ein und dieselbe Stunde für zwei Menschen ganz unterschiedlich lang anfühlen, je nachdem, was sie gerade tun? Das ist ja verrückt», stellte Noah fest. Dann fragte er: «Wie ist denn das mit dem Leben? Hast du das Gefühl, dein Leben ist schnell vorbeigegangen? War es ein schönes Leben?»

Edward, der gerade zu einem nächsten Wurf ausgeholt hatte, liess den Arm sinken. Es war doch immer wieder erstaunlich, wie schnell ihre Gespräche in eine Tiefe gingen, die er nicht vorausgesehen hatte und ihn mitunter etwas herausforderte. Er liess sich Zeit mit seiner Antwort.

«Ich hatte ein aufregendes Leben. Ja, ich glaube, ich hatte ein schönes Leben. Wobei schön nicht heisst, dass keine unschönen Dinge passiert sind. Darüber haben wir auch schon gesprochen. Aber wenn ich auf die Gesamtheit meiner Lebensjahre zurückschaue, dann kann ich sagen, mein Leben war gut.»

«Also ging es schnell vorbei?»

«Nicht immer. Das Leben ist zu gross, um es als eine Zeiteinheit zu nehmen. Es gab manchmal schwierige Zeiten, die sich gefühlt unendlich lange hingezogen haben. Dann wieder gab es Phasen, die gefühlt viel zu schnell vorbei waren. Aber das nimmt man meistens erst hinterher so wahr und nicht währenddessen.»

«Wann merkt man denn, dass die Zeit langsam oder schnell vergangen ist?»

«Das ist eine gute Frage. Ich weiss ehrlich gesagt nicht mehr, wann genau ich angefangen habe, mir über die Zeit Gedanken zu machen. Wann ich ein Bewusstsein für sie erlangt habe. Als kleiner Junge hat es mich immer sehr geärgert, wenn die Erwachsenen davon gesprochen haben, wie schnell die Zeit verginge, denn ich verstand überhaupt nicht, wovon sie da sprachen. Ich hatte immer das Gefühl, es dauerte eine Ewigkeit, bis ich wieder Geburtstag hatte. Oder bis ich endlich meinen Führerschein machen konnte. Ich hatte ja auch noch so viel Zeit vor mir, auf die ich mich freuen konnte. Aber irgendwann konnte ich ihre Worte dann verstehen. Ich glaube, als sich plötzlich Dinge, die bis dahin Konstanten gewesen waren in meinem Leben, begannen zu verändern.»

«Was denn zum Beispiel?»

«Als mein Vater aufhörte, zu arbeiten. Ich wusste ja, dass er irgendwann in Rente gehen würde, aber als es dann so weit war, konnte ich kaum glauben, dass er schon so alt war. Oder mein bester Freund, der Dichter, erinnerst du dich? Als er die Bäckerei seines Vaters übernahm. Schon in der Schulzeit hatte er immer davon gesprochen, dass er eines Tages der Nachfolger seines alten Herren sein würde, und dann war es auf einmal so weit.»

«Plötzlich, auf einmal … das klingt, als würde die Zeit ganz unerwartet vorbeigehen, aber so ist es doch nicht. Eigentlich weiss man das doch immer, wenn man sich zum Schlafen hinlegt und wieder ein Tag vorüber ist», meinte Noah.

«Das stimmt. Aber ich glaube, Tage sind zu kleine Schritte, um sich der Zeit wirklich bewusst zu sein. Und wir bemerken sie nun einmal erst in ihrem Vergehen.»

«Oder in unserem», ergänzte Noah.

«Ja, du hast recht, eigentlich sind wir es, die vergehen. Das ist so eine Sache mit der Zeit. Wir können sie auch nicht gewinnen oder verlieren, auch wenn wir häufig davon sprechen, als wäre es etwas, das wir anhäufen oder verschwenden könnten. Nein, die Zeit ist immer da … wir können sie nur mit unserem Sein füllen und ihr so Bedeutung geben.»

Noah warf einen Blick zurück auf den mittlerweile wieder spiegelglatten Bergsee und lächelte in sich hinein.

«Diese Reise mit dir, Edward, die hat ganz viel Bedeutung. Die Zeit mit dir ist so richtig gefüllt mit Sinn, das fühle ich.»

Sie liessen noch eine Weile Steine über den See springen, bis irgendwann die Sonne hinter den Berggipfeln auftauchte und ihnen ins Gesicht schien. Es war vermutlich um die Mittagszeit.

Noah blickte in den Himmel und kniff die Augen zusammen.

«Hallo, Sonne!», rief er lachend.

Edward hielt noch einen kleinen flachen Stein in der Hand, doch er warf ihn nicht mehr ins Wasser, sondern steckte ihn in seine Hosentasche und wandte sich dann dem Jungen zu.

«Ich glaube, es ist langsam an der Zeit, dass wir weitergehen. Wirf noch deinen letzten Stein, jetzt bist du ja ein Profi!»

Noah betrachtete den letzten Stein in seiner Hand.

«Ich bin sehr glücklich, dass du mir das Steineschippern beigebracht hast», sagte er, und mit einer schwungvollen Bewegung liess er ihn übers Wasser springen. Er hüpfte tatsächlich acht Mal über die Oberfläche, bevor er im See versank.

Der Alte nickte anerkennend. «Nicht schlecht, du. Jetzt machst du mir schon Konkurrenz. Zeit, dass wir weitergehen», meinte er mit einem Zwinkern, schulterte seinen Rucksack und lief los.

Der Pfad führte sie am Ufer entlang um den See herum, um dann am anderen Ende wieder im herbstlichen Wald zu verschwinden. Durch die farbigen Herbstbäume schien die Sonne und tauchte ihren Weg in ein warmes, goldenes Licht. Es war ein wunderschöner Anblick. Edward atmete die frische Herbstluft tief ein. Noah summte friedlich vor sich hin und machte sich wieder auf die Jagd nach herunterfallenden Blättern.

Obwohl sie noch nicht lange unterwegs waren, stand die Sonne schon bald tief am Himmel. Der Weg führte geradewegs in ihre Richtung auf eine Anhöhe, am Rand des Waldes.

Da angekommen trauten die beiden ihren Augen kaum.

«Schon wieder eine Hütte!», rief Noah überrascht und zeigte auf die Holzhütte, die in einiger Entfernung vor ihnen stand. Das Haus war allerdings in deutlich besserem Zustand als das vorherige. Das Dach und die Fenster waren intakt.

«Ich mochte den Strand lieber. Wollen wir nicht noch ein bisschen weitergehen?», nörgelte der Junge.

«Na, na, mir ist ganz neu, dass wir auf unserem Weg angefangen haben, uns zu beklagen», entgegnete Edward mit hochgezogenen Augenbrauen.

Noah wirkte ertappt und senkte beschämt den Kopf.

«Wir sind heute nicht so weit gelaufen», sagte der Alte, «dafür hast du deinen persönlichen Rekord im Steineschippern aufgebessert. Die Sonne wird schon sehr bald untergehen und ich wäre froh, wenn ich nicht noch eine Nacht auf Steinen schlafen müsste.» Er rieb sich den Rücken.

«Die Hütte ist auf jeden Fall nicht in so desolatem Zustand wie die letzte, vielleicht werden wir uns hier ganz wohl fühlen.»

Edward hatte recht. Als sie die Tür öffneten und eintraten, hätte man meinen können, der Hausbesitzer sei gerade erst gegangen. Es war ein einziger grosser Raum mit einem alten Kamin mit genügend Feuerholz daneben, davor standen auf einem dicken Teppich zwei gemütliche Sessel und ein kleiner Salontisch mit einigen Büchern und einer Flasche Whiskey. An den Fenstern hingen lange Vorhänge. Es gab einen kleinen, runden Holztisch mit zwei klapprigen Stühlen und einen grossen, antiken Holzschrank, der mit prächtigen Schnitzereien verziert war. Der Raum strahlte eine warme Gemütlichkeit aus.

«Na, was meinst du, hier halten wir es doch eine Nacht aus, oder?», schmunzelte Edward. Noah, der sich schon die Schuhe ausgezogen hatte, liess sich in einen der Sessel fallen.

«Herrlich, Edward! Diese Hütte gefällt mir auf jeden Fall besser als die letzte, viel besser.»

Während Noah es sich im Sessel gemütlich machte, öffnete Edward die knarrende Tür des alten Holzschranks und fand darin alles, was sie für ihren Besuch hier brauchten. Es hatte mehrere Wolldecken, Kerzen, Kochtöpfe und -kessel, sogar Zündhölzer fand er. Ausserdem entdeckte er ein paar Einmachgläser mit Teekräutern, Honig und eine alte Keksdose, in der sich aber nur noch ein paar Krümel befanden.

«Ich glaube, hier sind wir willkommen», sagte er leise zu sich und lächelte zufrieden.

«Was sagst du?»

«Ich sagte», meinte Edward laut, «wir können uns ein schönes Feuer machen, ich habe Zündhölzer gefunden.»

Und einige Minuten später knisterte in dem alten Kamin ein Feuer, das dem Raum eine behagliche Wärme verlieh. Noah schnappte sich die Flasche, die auf dem Salontisch stand.

«Was ist das?», wollte er wissen, und betrachtete dabei das vergilbte Etikett.

«Sieht aus wie Whiskey. Ein sehr starkes alkoholisches Getränk, das richtig schön im Hals brennt und den ganzen Körper wärmt. Aber nichts für einen kleinen Jungen wie dich», fügte Edward rasch hinzu.

Noah zog grinsend die Brauen hoch.

«Du glaubst doch nicht im Ernst, dass ich nach dieser Beschreibung nicht unbedingt einen Schluck probieren will?»

Edward hob die Hände.

«Du darfst gerne probieren, ich glaube aber nicht, dass du es magst. Nimm besser nur einen kleinen Schluck.»

Noah öffnete die Flasche und hielt seine Nase daran. Sofort verzog er das Gesicht.

«Das riecht ja schrecklich! Ich hoffe, es schmeckt besser», meinte er, und nahm einen Schluck aus der Flasche. Zuerst machte er ein Gesicht, als würde er alles gleich wieder ausspucken, doch das liess wohl sein Stolz nicht zu, und so schluckte er mit einer angeekelten Grimasse alles hinunter und schnappte dann nach Luft.

«Edward, das brennt ja fürchterlich!»

Der Alte lachte amüsiert.

«Ich hab's dir ja gesagt.»

Noah schüttelte sich angeekelt. «Wie kann man nur so etwas trinken, also ehrlich!»

«Ich mache uns besser einen Tee mit den Kräutern aus dem Schrank. Vorausgesetzt, wir bekommen hier irgendwo sauberes Wasser her», bemerkte der Alte. «Ich sehe mich mal um, vielleicht gibt es in der Nähe eine Quelle.»

Er trat aus der Hütte hinaus und sah sich suchend um. Tatsächlich hörte er ein leises Plätschern aus dem Wald. Vermutlich ein Bach, der aus dem Bergsee entfloss. Er füllte einen alten Topf aus der Hütte mit dem eisig kalten Wasser. Vor der Tür blieb er stehen und betrachtete noch einen

Moment den rot gefärbten Abendhimmel. Es war noch nicht sehr spät und trotzdem begann es schon, dunkel zu werden. Die Sonne war bereits hinter den Bergen untergegangen, aber ihre Strahlen tauchten die Wolken am Himmel in leuchtende Farben.

Als er eintrat, war Noah vor dem knisternden Feuer bereits friedlich eingedöst.

14 Winterzauber

Dein Fehlen
ist so unglaublich präsent
die Stille im Herzen
ohrenbetäubend
die Welt dreht sich weiter
obwohl in mir
alles still steht

Als Edward am nächsten Morgen aufwachte und sich gähnend streckte, spürte er gleich, dass etwas anders war als am vergangenen Tag. Und er hatte recht: Als er einen Blick zum Fenster hinauswarf, sah er die Welt in Weiss gekleidet. Über Nacht war etwa ein halber Meter Schnee gefallen und es fielen immer noch stetig dicke Flocken vom Himmel. Es war märchenhaft. Edward lächelte glücklich. Die Erinnerungen an Tage draussen im Schnee als kleiner Junge mit seiner Familie waren trotz vieler vergangener Jahre immer noch sehr präsent.

«Noah, schau dir das an», flüsterte er und berührte den schlafenden Jungen sanft an der Schulter. »Der Winter ist da.»

Noah öffnete langsam die Augen und streckte sich schlaftrunken.

«Was ist passiert?», gähnte er.

«Es hat geschneit!»

Noah kämpfte sich aus der dicken Wolldecke, setzte sich auf und sah zum Fenster hinaus. Einen Moment sagte er nichts und bestaunte nur mit offenem Mund und grossen Augen die Landschaft.

«Das ist ja magisch», flüsterte er beinahe andächtig.

«Ja, nicht wahr?»

Edward und Noah beschlossen, einen Ruhetag einzulegen und mit ihrer Weiterreise zu warten, bis es aufhören würde zu schneien. Edward entfachte wieder ein Feuer im alten Kamin der Hütte und kochte Tee, während Noah einfach nur vor dem Fenster sass, die Nase an die Scheibe gedrückt dem Schneetreiben zuschaute und dazu leise vor sich hin summte. Es war ein friedlicher Tag in der Geborgenheit der Hütte und beide waren dankbar für diese erholsame Pause. Doch Noah spürte auch, dass der Alte anders war als sonst. Er stand manchmal lange vor dem Fenster, die Hände auf dem Rücken verschränkt, und betrachtete die verschneite Landschaft, aber wenn er sich umdrehte, wirkte er traurig. Er lächelte Noah zwar immer wieder zu, aber es war ein schweres, ein müdes Lächeln.

«Hier. Vorsicht, die Tasse ist heiss.»

Edward reichte dem Jungen seinen Tee, liess sich in den anderen Sessel plumpsen und streckte mit einem lauten Seufzer die Beine auf den Salontisch.

Eine Weile erfüllte nur das Knistern des Feuers die Hütte. Noah beobachtete seinen alten Begleiter aus dem Augenwinkel. Er konnte ihm ansehen, dass er mit seinen Gedanken weit fort war. In seinem Blick, der sich im Feuer zu verlieren schien, lag eine gewisse Traurigkeit.

Auf einmal wirkte Edward sehr alt. Noah erschrak innerlich ein bisschen bei dem Anblick, denn sein Gefährte hatte normalerweise trotz seines hohen Alters eine jugendliche Ausstrahlung. Im Schein des Feuers schien sein Gesicht plötzlich voller tiefer Falten.

Noah atmete geräuschvoll ein und nippte an seinem noch viel zu heissen Tee. Er spürte, dass nun der richtige Moment gekommen war, um auf die unschönen Spuren im Herzen Edwards zu sprechen zu kommen.

«Wo bist du gerade in deinen Gedanken?», fragte er.

Edward sah zu ihm hinüber. Es war, als konnte man gerade noch den Gedanken verschwinden sehen, dem er nachgehangen hatte.

«Worüber denkst du gerade nach?», wiederholte Noah seine Frage.

«Oh, über nichts Bestimmtes. Manchmal tut es ganz gut, die Gedanken einfach schweifen zu lassen und zu sehen, wo sie einen hintragen.»

«Und wo haben sie dich hingebracht?», wollte Noah wissen.

Edward schwieg einen Moment, als wäre er sich nicht sicher, ob er bereit war, sich auf Noahs Frage einzulassen. Schliesslich schlug er die Beine übereinander und meinte: «Ich glaube, ich bin einfach ein bisschen melancholisch, das ist alles.»

«Was bedeutet das?»

«Nun, Melancholie … wie soll ich das nur beschreiben?»

Der Alte liess sich Zeit mit seiner Antwort.

«Melancholie, das ist ein grauer Regentag, an dem du am Fenster sitzt und den Regentropfen dabei zuschaust, wie sie die Fensterscheibe hinunterlaufen, und unglaublich traurig wirst, weil dich genau diese Regentropfen daran erinnern, wie vergänglich das Leben doch ist. Melancholie, das ist ein leerer Blick in weite Ferne, in der du Sinn suchst und nicht finden kannst; ein Unterwegssein, ohne zu wissen, wohin der Weg führt, und mit Heimweh im Herzen. Melancholie sind glückliche Erinnerungen, die dein Herz schwer werden lassen, weil es eben nur noch Erinnerungen sind, wie ein verblasstes Lächeln. Es fühlt sich an, als hättest du etwas sehr Wertvolles verloren, aber vergessen, was es ist, oder als würdest du jemanden vermissen, den du nie kennengelernt hast. Es ist eine Art romantische Traurigkeit.»

Noah liess Edwards Worte einen Moment auf sich wirken und versuchte, sich dieses Gefühl vorzustellen, aber es gelang ihm nicht wirklich.

«Geht das wieder vorbei?»

Edward lächelte sanft.

«Immer. Manchmal dauert es nur ein paar Stunden, manchmal ein paar Tage. Aber irgendwann ist das Gefühl wieder weg und du kannst dich kaum mehr daran erinnern, wie schwer dein Herz sich angefühlt hat.»

Noah nickte langsam.

«Ich glaube, ich verstehe. Kommt die Melancholie von den unschönen Spuren im Herzen?»

Der Alte kniff die Augen zusammen. Diese Frage hatte er sich so noch nie gestellt.

«Ich weiss es nicht. Das kann schon sein. Vielleicht.»

Er wusste selbst, dass er genauso gut gar nichts hätte sagen können statt dieser leeren Worte. Noah sah ihn durchdringend an.

«Ich glaube, die unschönen Spuren im Herzen, die machen das Leben manchmal schon ein bisschen schwer.»

«Da hast du recht, Noah. Es ist nicht immer alles nur schön und leicht. Aber obwohl du dir das vielleicht nicht vorstellen kannst, sind auch die vielen Gegenteile des Schönen wichtig, um das Leben in seiner Ganzheit zu erfahren. Ich wäre nicht derselbe Edward, der ich heute bin, wenn ich in meinem Leben nie Schmerz erlebt hätte, wenn ich keine unschönen Spuren im Herzen hätte.»

Noah nahm einen grossen Schluck von seinem Tee, bevor er schliesslich fragte: «Erzählst du mir von diesen Spuren, Edward?»

Er sah seinem alten Gefährten tief in die Augen. Edward erwiderte seinen Blick einen Moment, bevor er tief Luft holte.

«Natürlich erzähle ich dir davon. Ich muss dir aber vorher eines sagen: Ich blicke zurück auf ein langes Leben, habe vieles erlebt. Das Gute am Schmerz ist aber, dass die Zeit hilft. Sie hilft beim Heilen. Die meisten meiner schmerzhaftesten Erfahrungen sind viele Jahre her, und die Gefühle, die ich erlebt habe, sind lange nicht mehr so präsent wie damals. Die Spuren sind zwar noch da, aber ich habe sie als Teil meines Lebens und mir selbst akzeptiert. Das brauchte seine Zeit. Ich will, dass du dir dessen bewusst bist. Ich spreche nicht mit den gleichen Gefühlen wie damals über diese Erfahrungen. Es ist, als könnte man mit der Zeit einen Schritt zurücktreten und mit einer gewissen Distanz im Herzen auf solche Erlebnisse blicken. Aber jemand, der gerade leidet, jemand, der gerade jetzt viel Schmerz erfährt, der würde sicher ganz anders mit dir sprechen. Verstehst du das?»

Noah erwiderte Edwards Blick. «Ich verstehe.»

Edward nickte. «Gut.»

Er schien noch einen Augenblick in sich zu gehen, bevor er schliesslich begann, zu erzählen.

«Es ist schwierig, bestimmte Situationen aus meinem Leben auszuwählen und dir davon zu erzählen. Es gab Erfahrungen, die ich immer wieder machen musste und die immer wieder wehtaten. Ich habe geliebt und mir wurden nicht die gleichen Gefühle entgegengebracht. Ich würde niemals sagen, dass es deswegen verschwendete Liebe war, denn ich glaube, das ist sie nie. Es tut nur furchtbar weh, wenn Liebe keine Antwort findet, wenn sie im Leeren, im Nichts verhallt und allein bleibt. Ich wurde auch von guten Freunden enttäuscht, die in schwierigen, in entscheidenden Momenten meines Lebens nicht da waren, weil sie zu beschäftigt waren mit sich selbst oder nicht merkten und ich nicht aussprechen konnte, wie sehr ich sie gebraucht hätte. Das sind schmerzliche Erfahrungen, über die man aber irgendwann hinwegkommt. Vielleicht lernt man etwas daraus, im besten Fall wächst man als Person, als Mensch durch diese Erlebnisse.»

«Gibt es denn auch Erfahrungen, über die man nie hinwegkommt? Ein ganzes Leben lang nicht?», stellte Noah die nächste Frage, obwohl er ein wenig Angst vor der Antwort hatte.

«Ich denke, es gibt Verletzungen, die unser Herz so tief und nachhaltig erschüttern, dass wir sie ein Leben lang mit uns tragen. Das heisst nicht, dass wir sie jeden Tag bewusst fühlen. Sie werden zum Glück mit der Zeit ein wenig leichter. Aber sie gehen eben nie wirklich weg. Ja, ich denke, es gibt Wunden, die ein Leben lang bleiben.»

Es folgte ein Moment der Stille. Noah biss sich auf die Lippen, denn er spürte, dass sein Gefährte ihm gleich von einer solchen Spur in seinem Herzen erzählen würde.

Edwards Blick war ins Feuer gerichtet, als er weitersprach. Seine Stimme war leise, aber klar.

«Ich war 23 Jahre alt, als mein Bruder starb. Er kam bei einem Unfall ums Leben. Einfach so. Wir hatten einige Tage zuvor noch zusammen ein Bier getrunken und darüber gesprochen, welche Gitarre er sich als nächstes kaufen würde. Ich hatte ihn liebevoll ein bisschen verspottet, weil er ja bereits unzählige Gitarren besass. Wenn ich gewusst hätte, dass dies die letzten Worte waren, die wir in diesem Leben miteinander wechseln würden, dann hätte ich wohl etwas anderes zu ihm gesagt.»

Noah traute sich nicht, etwas zu sagen, als Edward tief Luft holte, um seinem Schmerz Raum zu geben.

«Er war plötzlich einfach nicht mehr da. Diese brutale Endgültigkeit, die ich schon erwähnt habe, als wir unter dem Olivenbaum über den Tod sprachen, erinnerst du dich? Sie hat mich mit voller Wucht getroffen. Nichts war mehr wie vorher. Meine Mutter ist an diesem Verlust beinahe zerbrochen, es dauerte Jahre, bis sie wieder lachen konnte.

Der Tod meines Bruders hat alles verändert – mir wurde auf einmal bewusst, wie fragil und zerbrechlich das Leben ist und wie schnell alles aus den Fugen geraten kann, was uns sicher erscheint. Das hat mich für viele Jahre tief verunsichert, ich konnte dem Glück in meinem Leben lange Zeit nicht mehr wirklich vertrauen. Bis ins hohe Alter habe ich immer wieder um meinen Bruder geweint, habe in stillen Stunden in Gedanken mit ihm gesprochen und mir gewünscht, dass er doch bei mir sein könnte, um das Leben mit mir zu teilen – und vor allem, um sein eigenes zu leben. Es fühlte sich für eine sehr, sehr lange Zeit so an, als wäre etwas aus mir herausgerissen worden, ein Teil meines Herzens, den ich nie wieder zurückbekommen konnte.

Die Zeit macht vieles leichter, Noah, und man lernt irgendwie, mit solchen Dingen zu leben, man lernt irgendwann sogar wieder, glücklich zu sein. Aber der Schmerz ist nie ganz weg. Man akzeptiert mit der Zeit einfach die Wunden im Herzen. Die unschönen Spuren, von denen du gesprochen hast.»

Es war Noah, der sich weinend die Hände vors Gesicht schlug.

«Es tut mir so leid, Edward! Es tut mir so furchtbar leid, dass du so etwas erleben musstest. Warum muss so etwas passieren? Ich wollte nicht …» Er konnte kaum richtig sprechen.

Edward erhob sich rasch aus seinem Sessel und setzte sich zu dem Jungen. Er legte den Arm um ihn, bis sein Schluchzen ein wenig nachliess. Dann sprach er mit sanfter Stimme weiter.

«Weisst du, kleiner Noah, wir kommen nun mal nicht heil durch dieses Leben. Niemand geht am Ende so unberührt, wie er gekommen ist. Wir gehen in die Welt hinaus, wir öffnen unsere Herzen, wir lieben. Wir geben mit unseren Beziehungen und Freundschaften den Menschen in unserem Leben Bedeutung, und so werden wir auch verletzlich. Es gibt Dinge, die wir nicht erklären können. Ich weiss nicht, warum mein Bruder sterben musste. Ich weiss nicht, ob es darauf wirklich eine Antwort gibt, oder ob man sich diese Frage am besten gar nicht stellt. Irgendwann habe ich aufgehört damit. Ich glaube, es ist die falsche Frage. Ich für mich habe beschlossen, nicht mehr nach dem «Warum» zu fragen, sondern nach dem «Wozu» – was hatte der Tod meines Bruders für eine Bedeutung in *meinem* Leben? Ich habe dadurch meine Liebe für das Gitarrenspielen entdeckt, weil es mich an ihn erinnert, weil er dann nahe bei mir ist. Ich wurde mutiger und ehrlicher, weil mir auf einmal klar wurde, dass auch meine Zeit begrenzt ist.»

Er strich Noah tröstend durch die Haare.

«Weisst du noch, als du mich gefragt hast, wie das ist, wenn ein Mensch stirbt? Ich sagte, es ist wie bei den Sternen. Das Licht der Menschen, die wir lieben, leuchtet ein Leben lang in unseren Herzen weiter. So war es auch bei meinem Bruder. Er hat in unseren Herzen so hell geleuchtet, dass wir ihn nie vergessen haben.»

Noah schniefte und sah Edward mit traurigen Augen an.

«Dein Bruder ist bestimmt einer der hellsten Sterne, die wir am Nachthimmel gesehen haben.»

«Ganz bestimmt.»

«Kann man denn je wieder Frieden schliessen mit dem Leben, wenn man einmal so traurig war?», fragte Noah leise.

«Natürlich, mein Junge, natürlich. Ich glaube, rückblickend hat mir der Tod meines Bruders sogar dabei geholfen, einen Frieden mit dem Leben zu schliessen, den ich vorher nie hatte. Aber ich glaube, das genauer zu erklären, wäre jetzt ein bisschen zu viel. So wie das Leben ist manchmal auch der Tod nur schwer in Worte zu fassen. Ich kann dir nur sagen, dass das Herz zwar immer wieder schwer wird, auch Jahre nach einem solchen Verlust, und dass mir mein Bruder immer wieder schrecklich gefehlt hat. Aber man lernt dafür vielleicht die Leichtigkeit und das Glück ein bisschen mehr zu schätzen und erlebt auch diese Gefühle umso intensiver. Ich habe mein Leben nicht nur für mich gelebt, sondern auch für ihn. Bei unserem letzten Gespräch über den Tod sagte ich, der Tod tut nur denen weh, die zurückbleiben. Aber ich glaube, das stimmt nicht immer. Weisst du noch, als wir uns an der Bushaltestelle kennengelernt haben? Ich glaube, wer so unerwartet und viel zu früh aus dem Leben gerissen wird, der sitzt nicht ganz so friedlich dort. Mein Bruder hatte noch so viele Pläne, so viel Leben vor sich – ich kann mir nicht vorstellen, dass er das plötzliche Ende dieser Reise einfach so ohne Schmerz und Trauer annehmen konnte. Es war sicherlich auch für ihn ein Schock, nicht nur für uns. Aber mich tröstet die Vorstellung, dass er nun an einem schönen Ort ist und dass es ihm gut geht. Und ich weiss, dass er auch gewollt hätte, dass es mir gut geht und ich wieder glücklich bin. Das war über viele Jahre mein tröstender Gedanke, wenn die Trauer mich überkam.»

Edward setzte sich zurück in seinen Sessel und schaute wieder ins Feuer.

Noah sagte nichts mehr. Er verstand nun, wohin Edwards Gedanken manchmal reisten, und dass er ihm dorthin nicht folgen konnte, weil er die Erfahrungen, die das Leben bereithielt – die schönen und die schweren – noch nicht gemacht hatte. Mit der Frage im Herzen, ob er das überhaupt wollte, übermannte ihn der Schlaf.

Nach einer Weile stand Edward vorsichtig auf – Noah schlief weiter. Der Tee war inzwischen längst kalt, und das Feuer glomm nur noch schwach. Es wurde kühl in der Hütte. Edward legte Holz nach, um die Flammen zu nähren.

Dann nahm er den letzten grossen Kürbis aus dem Rucksack und bereitete daraus eine wunderbar wärmende Suppe zu, wenn man es denn so nennen konnte – um wirklich zu kochen, fehlte doch so einiges.

Er weckte Noah behutsam auf und stellte ihm eine Schüssel mit Suppe und eine heisse Tasse Tee hin. Sie schlürften schweigend ihr einfaches Mahl. Aber es war ein gutes, ein friedliches Schweigen. Noah schien zwar noch sehr viele Fragen zu haben, das konnte Edward spüren, aber er war wohl zu erschöpft, um sie zu stellen.

«Schlaf ruhig weiter, mein Junge. Manchmal ist ein wenig Schlaf das beste Mittel, um wieder zu Kräften zu kommen – auch wenn es nicht der Körper ist, der müde ist», sagte Edward und gab Noah eine Wolldecke. Aber der reagierte nicht. Er war bereits wieder eingeschlafen.

15 Durch die Kälte

Sanft legt der warme Schleier
seine Arme um mich
eine zärtliche Berührung
mich liebevoll führend
nimmt ein Traum mich an die Hand
und begleitet mich
durch Zeit und Leben

Stumm sterben Tränen
der Nebel lichtet sich
nie werde ich wissen
nur immer verstehen
dass einzig dieser Weg
mich dorthin führt
wo alles auf mich wartet

Das verschlafene Echo eines Traumes
hallt durch meinen leeren Kopf
hinter traummüden Augen
mit dem ersten Sonnenstrahl
erlischt das Dunkel

Und alles, was bleibt
nach Zeit und Leben
ist Sternenstaub
der leise vom Himmel rieselt

Am nächsten Morgen wachten die beiden auf und trauten ihren Augen kaum: Es hatte wohl noch die ganze Nacht weitergeschneit. Alles war mit einer dicken Schicht Schnee bedeckt, die Äste der Bäume neigten sich unter der Last. Sie traten vor die Tür, um die Landschaft zu bestaunen. Die Luft war kalt und ihr Atem bildete kleine Wölkchen. Ansonsten war es absolut still. Der Schnee schien alle Geräusche zu dämpfen.

«Es ist unglaublich schön, nicht?», meinte Edward. Die Melancholie und die Schwere des letzten Tages waren aus seinem Gesicht verschwunden. Seine Augen, die schon so viel gesehen hatten, funkelten wieder. Noah nickte zustimmend. «Oh ja, es ist wundervoll!»

«Früher haben mein Bruder und ich im Winter vor dem Haus Schneemänner gebaut, das war immer ein Riesenspass.»

«Lass uns auch einen Schneemann bauen, Edward!», rief Noah begeistert und stürzte sich sofort in den Schnee. Mit fröhlichem Eifer begann er, Schneebälle zu drei grossen Kugeln zu rollen. Edward half anschliessend, die drei Kugeln aufeinanderzustapeln. Zwei Äste brauchten sie als Arme und ein Tannzapfen diente als Nase. Zum Schluss platzierte Noah noch zwei Nüsse am Kopf des Schneemanns als Augen.

Als sie fertig waren, betrachteten sie zufrieden und ein wenig stolz ihr Werk.

«Wie soll er denn heissen, der Gute?», fragte Edward schnaufend.

Noah grinste breit.

«Ich denke, wir nennen ihn Edward, was meinst du?»

«Aber mich gibt's doch schon.»

«Na gut, dann Edward den Zweiten! Edward der Zweite von Winterwald!»

Sie mussten beide herzhaft lachen.

«Ich glaube, wenn Edward der Zweite jetzt hier ist und die Hütte bewacht, dann ist es wohl an der Zeit, dass wir weiterziehen. Komm, wir packen unsere Sachen zusammen.»

Noah folgte seinem Begleiter in die Hütte, wo sie ihre Habseligkeiten in Edwards Rucksack packten. Der Alte nahm die Zündhölzer und den Honig mit, den er im Schrank gefunden hatte. Falls sie irgendwann nochmal ein Feuer machen mussten, wären die Zündhölzer auf jeden Fall nützlich und etwas einfacher als die Steine, die er dabeihatte. Und etwas Süsses als Proviant konnte auch nicht schaden. Eine Wolldecke stopfte er ebenfalls in seinen Rucksack. Falls sie noch eine Weile im Winter unterwegs sein würden, konnten sie die Decke sicher gut gebrauchen.

Sie schlossen die Tür der Hütte hinter sich und verabschiedeten sich von ihrer gemütlichen Bleibe. Noah seufzte gut hörbar, als Edward sich umdrehte, um loszumarschieren. Er betrachtete den Schneemann und die Hütte, die ihnen in den letzten Tagen eine komfortable Unterkunft gewesen war.

«Was ist denn, Noah?»

«Naja, ich hatte zwar gesagt, dass ich den Strand lieber mag als alte Holzhütten, aber hier hat es mir schon auch sehr gut gefallen. Manchmal denke ich, es ist schade, dass ich an diese Orte nicht mehr zurückkehren kann.»

«Wer sagt denn, dass du nicht zurückkehren kannst? Wer weiss, vielleicht wirst du dich irgendwann wieder in so einer gemütlichen Hütte finden und dich an das schöne Gefühl erinnern.»

Bei dem Gedanken daran trat ein zufriedener Ausdruck auf Noahs Gesicht. «Das wäre schön.»

Und so machten sich die beiden wieder auf den Weg. Edward stapfte voraus durch den tiefen Schnee, Noah folgte ihm in seinen grossen Fussspuren, da er sonst im hohen Schnee versunken wäre. Im Wald war es dann ein bisschen einfacher vorwärtszukommen, da der Weg hier nicht ganz so verschneit war.

Schneebedeckte Tannen säumten den Weg. Noah fragte sich, ob wohl alle Eichhörnchen genug Vorräte für den Winter angelegt hatten.

«Bestimmt», meinte Edward. «Ich bin sicher, die sind irgendwo in einem Kobel warm eingekuschelt und huschen ab und zu durch den Schnee, um Essen zu holen.»

Hie und da meinte Noah, aus den Augenwinkeln ein Eichhörnchen zu erhaschen, aber es war nur Schnee, der von den Ästen fiel.

Der Weg durch den Winterwald war still. Keiner von den beiden sagte etwas. Es war, als würde der Schnee auch ihre Gedanken dämpfen. Nur wenig Sonnenlicht fiel durch die verschneiten Baumwipfel, es war ziemlich dunkel und ausserdem mit der Zeit eisig kalt. Schon bald sehnte sich Edward nach der wohligen Wärme vor dem Feuer in der Hütte.

Als sie eine kurze Pause einlegten, reichte er Noah die Decke, die er eingepackt hatte. Der Kleine nahm sie dankbar an und legte sie sich zähneklappernd um die Schultern.

«Mir ist kalt, Edward. Meinst du, der Weg führt noch lange durch den Winterwald?»

Der Alte schulterte den Rucksack und meinte nur: «Wir werden sehen. Bis jetzt mussten wir nie besonders lange in ungemütlichen Situationen ausharren, oder? Am besten ist es, wir bleiben in Bewegung, das wärmt. Komm, wir gehen weiter.»

Während ihres Marsches durch die Kälte hatte Edward Zeit, seine Gedanken ein wenig schweifen zu lassen. Er betrachtete den kleinen Jungen, der nun vor ihm lief und sich immer wieder zitternd die Wolldecke enger um die Schultern zog, um nicht zu frieren. Er dachte an das, was Noah ihm am Bergsee gesagt hatte. Dass es bei dieser Reise doch viel mehr um ihn, um Edward ging statt um Noah. War das so? Er hatte sich diese Frage so noch gar nie gestellt. Als er an der Bushaltestelle die Augen geöffnet und begriffen hatte, wo er war, hatte er sich darauf gefreut, einem Jungen seine Lebensweisheit mitzugeben. Aber vielleicht ging es tatsächlich auch darum, dass er selbst zurückblicken konnte auf seine Jahre, auf sein Leben und all die Dinge, die er während seiner Zeit auf der Welt gelernt hatte. Vielleicht war das bei seinem Gefährten damals auch so gewesen.

Und einmal mehr wurde ihm bewusst, dass auch ein alter Mann wie er noch viele Fragen an das Leben hatte. Dass nie *alles* beantwortet war.

Zum Glück hatte Edward recht mit seiner Vermutung, dass die Kälte bald ein Ende haben würde. Vermutlich war noch gar nicht so viel Zeit vergangen, seit sie bei der Hütte losmarschiert waren, doch es kam ihnen vor, als wären sie schon tagelang unterwegs. Doch es wurde bald merklich milder und der Schnee begann von den Ästen zu tropfen. Die Sonne schien ihnen immer öfter durch das Geäst der Bäume ins Gesicht, und auch wenn sie noch nicht so viel Kraft hatte, tat das Sonnenlicht doch unglaublich gut.

Einmal blieb Noah stehen und schloss die Augen.

«Sonne, Edward! Ich habe in der Kälte und der Dunkelheit beinahe vergessen, wie schön sie sich anfühlt.»

Auch der Alte sog das Licht richtiggehend in sich auf. Er atmete tief ein.

«Ja, es kommt vor, dass man vor lauter Kälte tatsächlich vergisst, wie warm und hell es doch auch schon war in und um uns.»

Noah musste beim Blick in die Sonne plötzlich laut niesen.

«Gesundheit!»

«Das wünsche ich dir auch!», grinste Noah, und lief weiter.

«Das kann man schliesslich immer brauchen!», fügte er noch an.

«Da hast du recht. Manchmal merkt man erst, was man eigentlich alles hatte, wenn es einem plötzlich fehlt. Gesundheit, Licht, Wärme … all das müssen wir manchmal zuerst verlieren, bevor wir es wirklich schätzen lernen.»

Noah sah über die Schulter zurück und rief: «Ein weiser alter Mann hat mir kürzlich gesagt: Es wird immer irgendwann Frühling. Also komm, wir gehen ihm entgegen, dem Frühling!»

16 In voller Blüte

suchen die Verlassenheit
finden die Begegnung
und verlieren uns
nehmen wenig
geben alles
und bekommen nichts
berühren zärtlich
halten fest
und verlieren hoffnungslos
fühlen verschwenderisch
vertrauen blind
und lieben hemmungslos

weil wir Herzenswesen sind

Sie erreichten tatsächlich kurz darauf den Waldrand und überblickten eine hügelige Landschaft, die sehr der Szenerie ähnelte, in der sie ihre Reise begonnen hatten. Der Alte seufzte leise. Er wurde das Gefühl nicht los, dass sich bald ein Kreis schliessen und ihr gemeinsamer Weg ein Ende finden würde. Doch er verscheuchte den Gedanken daran.

Dass der Frühling Einzug gehalten hatte, bemerkten sie an den wunderschönen Blumen am Wegrand und den milderen Temperaturen. Es war, als wären der Winter und die Kälte mit dem Schnee im Wald zurückgeblieben. Die wärmer werdenden Sonnenstrahlen fühlten sich gut an und weckten die Lebensgeister – sie kamen definitiv schneller und beschwingter voran. Edward summte zufrieden vor sich hin, während Noah die schönsten Blumen pflückte und einen herrlichen Strauss daraus zusammenstellte. Er stellte sich dabei äusserst geschickt und kreativ an, und Edward fragte sich, ob er wohl eine Zukunft als Florist anstreben könnte. Jedenfalls nahm er den Strauss dankend an und platzierte ihn dekorativ an seinem Rucksack.

Hie und da fragte sich Edward, wenn er die Nase in den Wind streckte, ob ihr Weg sie wohl noch einmal ans Meer führen würde – die Luft schien immer salziger zu werden. Aber vor allem roch er noch etwas anderes ganz deutlich, das Noah bestimmt gefallen würde.

Und so war es: Als sie die Höhe einer kleinen Kuppe erreicht hatten, erstreckte sich vor ihnen eines der schönsten Spektakel, das die Natur zu bieten hat: Lavendelfelder in voller Blüte, soweit das Auge reichte.

Noah blieb wie angewurzelt stehen und konnte vor lauter Staunen den Mund kaum schliessen.

«Das ist ja unglaublich, Edward! Siehst du das? Was ist das?», rief er entzückt.

«Das ist Lavendel, Noah. Er ist wunderschön, nicht?»

Der Junge nickte nur und rannte dann unvermittelt los. Edward versuchte gar nicht erst, ihn einzuholen, sondern spazierte gemütlich den Hügel hinunter. Noah sprang mitten ins Feld hinein, fuhr mit seinen kleinen Händen durch die Lavendelblüten und hielt sie dann vor sein Gesicht. Mit geschlossenen Augen sog er den süsslich-herben Duft ein.

Edward beobachtete den Jungen lächelnd, wie er durch die Felder rannte und Schmetterlinge jagte. Kaum zu glauben, dass sie kurz zuvor noch im tiefen Dunkel des Winters durch den Schnee gestapft waren.

In Gedanken war er allerdings weit fort, in einer Erinnerung, die er sehr fest im Herzen trug und der Lavendelduft zum Leben erweckte. Er spazierte mit Emily an der Hand durch die Lavendelfelder der Provence. Sie waren beide um die zwanzig, er war vor einigen Tagen aus dem Militärdienst entlassen worden und sie hatten mitten in der Nacht spontan ihre Koffer gepackt und waren mit seinem alten roten Chevrolet nach Frankreich gefahren. Die ersten gemeinsamen Ferien im Ausland. Edward erinnerte sich, wie verliebt er gewesen war, dass er kaum die Augen von der Frau lassen konnte, mit der er sein Leben verbringen würde. Sie hatten auf einem alten Gutshof ein einfaches, aber sehr romantisches Zimmer bekommen. Von ihrem Fenster mit den weissen Vorhängen sahen sie direkt auf die Lavendelfelder und die Alleen der riesigen Platanen, von denen die Felder gesäumt waren. Eines Abends bereitete Edward ein Picknick vor, mitten in einem der Lavendelfelder. Emily trug ein weisses Kleid und bei der Erinnerung daran klopfte Edwards Herz immer noch ein bisschen schneller. Sie hatte ausgesehen wie ein Engel.

Edward liess den Blick über die Felder schweifen und als er die Augen schloss, sah er Emily durch die Lavendelblüten tanzen und lachen. An diesem Abend waren sie bis weit in die Nacht hinein Hand in Hand auf ihrer Picknickdecke gelegen und hatten den Sternenhimmel betrachtet. Geredet und geschwiegen und sich in der Unendlichkeit des Sternenhimmels ihre Liebe geschworen. Zurück in ihrem hübschen Zimmer war an Schlaf nicht zu denken gewesen. Sie hatten sich die ganze Nacht leidenschaftlich geliebt. Edward musste unwillkürlich lächeln. Wenn in dieser Nacht ein Stern vom Himmel gefallen wäre, hätte er nicht gewusst, was er sich noch wünschen sollte.

«Edward! Geht's dir gut?»

Noahs laute Stimme holte Edward jäh aus seinem Erinnerungsspaziergang zurück. Er blinzelte. Noah stand direkt vor ihm, die Hände in die Hüfte gestemmt, hatte den Kopf schief gelegt und sah ihn prüfend an.

«Entschuldige, Noah, ich war gerade … nicht hier.»

Die Gesichtszüge des Jungen nahmen einen etwas sanfteren und vor allem interessierten Ausdruck an.

«Wo warst du denn gerade?»

«Ich habe ein bisschen in Erinnerungen geschwelgt.»

«Erzählst du's mir?»

Edward seufzte.

«Später vielleicht.»

«Aber du erzählst mir doch alles!»

«Bestimmt, Noah. Es ist nur ...»

Edwards Blick schweifte wieder über die nicht enden wollenden Felder und er atmete tief ein.

«Es ist nur so, dass es Erinnerungen gibt, die so schön sind, so voller Liebe und so lebendig, dass man sie fast nicht erzählen kann. Dass man Angst hat, der Erinnerung nicht gerecht zu werden, wenn man versucht, sie in Worte zu fassen. Verstehst du das?»

Überraschenderweise nickte Noah sofort verständnisvoll.

«Natürlich verstehe ich das. Manchmal gibt es keine Worte, die beschreiben, was im Herzen ist.»

Der Alte gab einen erstaunten Laut von sich.

«Das hast du selbst gesagt: Manchmal ist es schwer, das Leben in Worte zu fassen. Das hast du schon auf dem Berggipfel zu mir gesagt. Weisst du nicht mehr?»

«Stimmt. Das habe ich.»

Eine Weile blieben sie still und genossen den Ausblick über die violetten Felder, bis Noah sich räusperte und meinte: «Du hast mir doch versprochen, dass wir über die Liebe sprechen, wenn der Frühling kommt.»

Edward lachte.

«Das stimmt. Beinahe hätte ich das vergessen. Dann ist jetzt wohl die Zeit dafür gekommen.»

Noah grinste triumphierend.

«Also, ich will alles über die Liebe wissen! Sie hiess Emily, richtig?»

Ob dieser Formulierung musste der Alte wieder lachen.

«Ja, die Liebe hiess für mich Emily. Wir waren 52 Jahre verheiratet.

«So lange? Das ist ja fast ein ganzes Leben!», staunte Noah.

«Das ist es tatsächlich.»

«Erzähl mir ein bisschen von ihr.»

«Emily hatte braunes, gelocktes Haar, wunderschöne haselnussbraune Augen und die zarteste Haut, die man sich nur vorstellen kann. Aber am allerschönsten war ihr Lächeln. Wenn Emily mich anlächelte, ging immer die Sonne in meinem Herzen auf. Für mich war sie ganz einfach das schönste Mädchen auf der ganzen Welt. Wir haben uns schon in der Schule kennengelernt, da waren wir etwa acht Jahre alt. Wir hatten anfangs nicht viel miteinander zu tun – in dem Alter fand ich Mädchen schliesslich auch noch ziemlich uninteressant. Aber dass sie wunderschön war, das fiel mir schon damals auf. Und so habe ich ihr eines Tages einen Brief geschrieben, ob sie denn später einmal meine Frau werden wolle. Sie hat geantwortet, dass sie das noch nicht genau sagen könne, weil sie noch viel zu jung sei dafür, aber dass wir gerne in ein paar Jahren nochmal darüber sprechen könnten.» Edward räusperte sich lächelnd bei der Erinnerung daran.

«Naja, und so kam es dann schliesslich auch. Wir wurden älter, unsere Wege trennten sich, Emily hatte mehrere Jahre lang einen Freund, einen angehenden Piloten, den sie sehr gerne mochte. Und ich, ich hatte auch Freundinnen, eine wollte mich sogar heiraten, aber ich wollte nicht. Wir waren doch noch viel zu jung! Und ich war mir meiner Gefühle nie so wirklich ganz sicher. Ich war etwa neunzehn und musste einige Wochen später in den Militärdienst, als ich Emily wieder begegnete. Sie war zurück in ihr Elternhaus gezogen. Wir haben uns für einen Spaziergang getroffen und viel über die vergangenen Jahre geredet, einander aus unserem Leben erzählt. Da haben wir wohl beide gemerkt, dass wir einander doch ziemlich toll fanden. Und so haben wir uns immer wieder getroffen, gingen zusammen ins Kino, machten Ausfahrten mit meinem roten Chevrolet und hatten eine wunderschöne Zeit zusammen. Dann kam der Tag, als ich schliesslich in den Militärdienst einrücken musste – ich musste für einige Zeit ziemlich weit weg von der Heimat. Ich hatte solche Angst, dass Emily in dieser Zeit wieder jemand anderes finden würde, denn schliesslich war sie wunderschön und die Männer standen Schlange, um mit ihr auszugehen. Aber sie meinte nur, dass ich keine Angst haben müsse und sie schon auf mich warten würde – jetzt sei sie schliesslich alt genug, um über solche Sachen zu entscheiden. Wir schrieben uns Briefe, fast jeden Tag. Ihrem letzten Umschlag, bevor mein Militärdienst endete, legte sie den alten Brief bei, den ich ihr in der Schule damals geschrieben hatte. Sie hatte ihn all die Jahre über aufbewahrt. Das Papier war zerknüllt und man konnte die Schrift kaum noch lesen. Aber sie hatte in grossen Buchstaben ein JA darauf gekritzelt – und als ich nach Hause kam, wusste ich also, dass ich heiraten würde.»

Edward betrachtete den schlichten Goldring an seiner linken Hand.

«52 Jahre lang war sie meine Frau. Ich schätze mich unglaublich glücklich, dass ich mein Leben mit ihr verbringen durfte.»

Er sog den Duft der Lavendelblüten ein und in seinem Herzen war Emily so präsent, als wäre sie gerade vorhin durch die Felder getanzt.

Plötzlich rief Noah: «Edward, etwas ganz Wichtiges habe ich dich noch gar nicht gefragt: Hast du eigentlich Kinder?»

Der alte Mann lächelte sanft und plötzlich schien in seinen Augen, kaum sichtbar, aber doch zu erkennen, ein wehmütiger Ausdruck zu liegen.

«Nein, leider nicht. Wir haben es lange versucht, bis sich herausstellte, dass Emily keine Kinder kriegen konnte.»

«Weshalb denn nicht?» Noah war bestürzt.

«Ich weiss es nicht mehr genau. Es gab Dinge in ihrem Körper, die nicht so funktionierten, wie sie sollten. Das ist zu lange her und zu kompliziert, als dass ich dir das genau erklären könnte. Aber wir haben uns damit abgefunden und waren *trotzdem* glücklich.»

Noah betrachtete seinen Begleiter aufmerksam. In diesem letzten Satz hatte ein wenig Trotz mitgeschwungen – wir waren *trotzdem* glücklich. Der Junge wusste nicht genau, ob er damit einen wunden Punkt getroffen hatte. Er wollte nichts Falsches sagen und meinte etwas unbeholfen: «Du wärst sicher ein toller Vater gewesen.»

Edward seufzte müde und wandte den Blick ab.

«Ja, ich glaube auch. Das denke ich wirklich. Aber es gibt nun mal Dinge, die man in diesem einen Leben nicht sein kann, weil man sich für etwas anderes entschieden hat. Zum Beispiel für einen Menschen, den man liebt.»

«Und du hast dich für Emily entschieden und warst glücklich, oder?»

Jetzt drehte Edward sich um und Noah konnte in seinem Gesicht sehen, dass sein Herz sich auf eine Reise begeben hatte an einen Ort, wo es wohl schon lange nicht mehr gewesen war.

«Es gab noch ein Mädchen, in der Zeit, als Emilys Leben und meines nicht mehr so parallel verliefen wie während unserer Schulzeit. Ihr Name war Lily. Ich lernte sie kennen, als ich etwa 15 Jahre alt war, und verliebte mich Hals über Kopf in sie.

Zu diesem Zeitpunkt hatte sie einen Freund, was mir das Herz brach, als ich es erfuhr. Die Vorstellung, dass sie ihre Liebe jemand anderem schenkte und ich sie nicht für mich gewinnen konnte, schmerzte unglaublich. Aber ich entschied, dass ich stattdessen ihr bester Freund werden wollte. Und das wurde ich. Lily und ich, wir waren während unserer Jugendjahre beste Freunde. Wir erlebten viele kleine und grosse Abenteuer zusammen, und ich vermute, sie spürte wohl immer, dass ich eigentlich mehr für sie empfand.

Lily kam zu mir, wenn es ihr nicht gut ging, und ich munterte sie auf. Und dann ging sie wieder. Sie erzählte mir alles, auch von ihren vielen Freunden, die sie damals hatte, was mir insgeheim unglaublich wehtat – aber ich liess mir nichts anmerken, denn ich wollte für sie da sein. Vielleicht, so hoffte ich, würde sie so irgendwann zu mir kommen.

Niemand wusste von meinen Gefühlen für Lily. Ich habe es nie jemandem erzählt, nicht einmal meinen besten Freunden, obwohl die das sicher bemerkt haben, der Dichter bestimmt. Ich sprach immer in den höchsten Tönen von ihr und war tunlichst darauf bedacht, auch immer zu erwähnen, dass ich niemandem sein Glück mehr gönnte als Lily, auch als sie schliesslich heiratete und Kinder bekam. Ich fand zu Emily zurück, wir heirateten und ich war sehr glücklich mit ihr, auch wenn mein Wunsch, Kinder zu bekommen, unerfüllt blieb.»

Edward verstummte und eine einzelne Träne rollte über sein Gesicht, die er aber ruhig und bestimmt wegwischte. Als Noah es bemerkte, griff er instinktiv nach Edwards Hand. Er fühlte sich ein wenig hilflos und ärgerte sich über sich selbst, weil er mit seinen Fragen Edward zum Weinen gebracht hatte. So stand er einfach stumm da und wartete, bis Edward gefasst weitersprach.

«Ich habe dir immer gesagt, dass ich nichts bereue, Noah. Ich hatte ein wundervolles Leben und konnte einen grossen Teil davon mit einer wundervollen Frau verbringen. Trotzdem gibt es Wünsche, Hoffnungen und Träume, die nie wirklich ganz verschwinden und manchmal ein wenig wehtun, weil man sie in diesem einen Leben eben nicht leben konnte.»

Noah drückte Edwards Hand. Er suchte nach den richtigen Worten, obwohl er mittlerweile wusste, dass es die nicht immer gab.

«Es gibt tausend Leben, die du hättest leben können, und du hast dich entschieden, deines mit Emily zu verbringen.»

Der Alte sagte einen Moment nichts, bevor er Noahs Hand ebenfalls fest umschloss.

«Ganz genau, Noah. Es sind unsere Entscheidungen, die unser Leben bestimmen. Ich habe mich für Emily entschieden und habe diese Entscheidung bis zu meinem Lebensende mit vollem Herzen gelebt und nie bereut. Aber ein bisschen Wehmut darf eben auch Platz haben in einem Menschenherz.»

Er drückte Noahs Hand mit einem Lächeln, dann liess er sie los und lief langsam weiter. Noah folgte ihm und ihm fiel auf, dass Edward seine Hände hinter dem Rücken ineinandergelegt hatte. Diese Haltung gab ihm irgendwie ein zufriedenes Aussehen. Auf einmal verspürte Noah eine tiefe Dankbarkeit für seinen alten Gefährten, der so viel erlebt hatte und alles mit ihm teilte. Er beschleunigte seinen Schritt, bis er Edward eingeholt hatte, und sagte leise: «Danke, dass du mein Begleiter bist.»

Edward sah zu ihm hinunter und strich ihm durch die Haare, wie er es auch schon in der Hütte getan hatte. Es war eine kleine, aber sehr liebevolle Geste.

«Ich habe zu danken, kleiner Mann. Ich habe viel über deine Worte am Bergsee nachgedacht. Und vielleicht hast du tatsächlich recht, vielleicht geht es bei dieser Reise gar nicht so sehr darum, was ich dir mitgeben kann, sondern darum, dass ich zurückblicken kann auf alles, was ich mitgenommen habe», meinte Edward und schaute nach oben in die Baumkronen der Platanen, die ihren Weg säumten.

«Und jetzt gerade, da merke ich, dass ich so viel Liebe mitgenommen habe aus diesem Leben.»

«Wie fühlt sich die Liebe an?»

«Das ist eine sehr schwierige Frage. Die Liebe auszudrücken, das haben Schriftsteller, Musiker und Künstler auf der ganzen Welt über Jahrhunderte immer wieder versucht. Ich will es auch versuchen. Ich fühle die Liebe am allermeisten hier», sagte er und legte seine Hand auf die Brust. Noah tat es ihm gleich. «Hier fühlt es sich warm an, schön und leicht. Als gäbe es keine Fragen an das Leben, als wäre alles einfach klar und gut und richtig. Liebe fühlt sich für mich an, als würde ich ein Zuhause finden in einem anderen Menschen.»

«Diese Beschreibung gefällt mir. So schwer war's also doch nicht», meinte Noah und betrachtete dabei seine Hand.

«Naja, vielleicht passt das Bild jetzt gerade für dich. Jemand anderes wäre aber vielleicht damit nicht zufrieden, würde ein anderes wählen und es mit ganz anderen Farben zeichnen. Oder eine Melodie erfinden. Oder einfach andere Worte wählen, oder auch gar keine. Denn …»

«… manchmal gibt es keine Worte für das, was im Herzen ist. Da wären wir wieder», beendete Noah den Satz und grinste.

«Aber ich bin trotzdem froh, dass du es für mich versucht hast.»

Edward nickte und fügte an: «Und ich bin froh, dass ich in meinem Leben vielen Bildern, Liedern und Worten von Menschen begegnet bin, die immer wieder versucht haben, die Liebe zu zeigen, zu beschreiben, darzustellen. Manchmal hilft einem die Vorstellung oder der Austausch mit einem Gegenüber, zu einer eigenen Wahrheit zu finden.»

Noah nickte zufrieden.

Der Spaziergang durch die Allee war ein wunderschöner Abschnitt ihrer gemeinsamen Reise. Wie Wächter standen links und rechts des Weges die Platanen. Der Tag wurde älter und die Schatten der Bäume immer länger, obwohl die Luft noch immer warm war und voller Leben. Edward beschlich wieder das deutliche Gefühl, die Vorahnung, dass sein Weg mit Noah bald ein Ende finden würde. Als ob bald alles gesagt wäre.

17 Am Ende des Weges

Nichts ist ewig
Alles wandelt sich
im Vergehen der Zeit
und immer wieder
schenkt uns das Leben so die Gelegenheit
das Wunderbare zu entdecken
im Neuen
und Dankbarkeit zu empfinden
für das Vergangene
und ganz besonders
zwischen dem Gewesenen und dem Kommenden
den Blick zu behalten
für das, was ist.

Bevor Edward sein Gefühl andeuten konnte, blieb Noah auf einmal stehen, so dass der Alte beinahe in ihn gestolpert wäre.

«Was ist los, warum gehst du nicht weiter?»

Noah gab keine Antwort. Edward blickte nach links, dann nach rechts. Nun begriff er, dass sein Gefühl ihn nicht getäuscht hatte.

Vor ihnen lag eine Weggabelung. In der Mitte stand ein riesiger Platanenbaum, bestimmt schon hundert Jahre alt. Der Stamm war krumm und so wirkte der Baum ein bisschen wie ein alter Mann, der sich verbeugte.

Hier würden sich ihre Wege trennen.

Ohne Zweifel hatte auch Noah verstanden, was nun passieren würde, ohne dass Edward ein Wort sagen musste. Ihr Weg war immer klar gewesen, und nun zeigte er ihnen deutlich, dass sie nicht mehr gemeinsam weitergehen würden.

Einen Moment blieb er wortlos stehen, dann drehte sich der Junge zu seinem Gefährten um und sein Blick versetzte Edward einen Stich ins Herz. Noah kämpfte gegen die Tränen.

Obwohl beide gewusst hatten, dass dieser Moment kommen würde, waren sie doch nicht wirklich auf den Abschied vorbereitet. Auf das Gefühl, wenn man etwas festhalten möchte und doch weiss, dass man nicht kann. Und irgendwo im Herzen zwar die leise Gewissheit sitzt, dass ein Abschied immer auch der Beginn von etwas Neuem ist – aber diese

Gewissheit dennoch für den Moment dem Schmerz der Trennung unterliegt.

«Ich will nicht ohne dich weitergehen, Edward!», schluchzte Noah und die Tränen flossen über sein Gesicht.

Der alte Mann kniete sich vor ihn hin und nahm seine kleinen, warmen Hände in seine – alt, faltig und kühl. Ohne etwas zu sagen, blieb er eine Weile einfach so sitzen und hielt Noahs Hände fest, bis seine Tränen etwas nachgelassen hatten.

Edwards Stimme war ruhig und klar, als er sprach.

«Du wirst nie allein sein, Noah. Nicht wirklich. Es gibt vielleicht Dinge im Leben, die du allein bestreiten musst. Wege, die du allein gehen musst, Kämpfe, die du allein führen, und Tränen, die du allein weinen musst – weil du, und nur du, der Kapitän deines Lebens bist. Doch viele wunderbare Gefährten werden dich begleiten und dir zur Seite stehen, und ich bin der festen Überzeugung, dass du immer wieder das Vertrauen finden wirst, das du brauchst, um die vielen Herausforderungen des Lebens zu meistern.»

Und weil er sehen konnte, dass Noah noch immer ein wenig unsicher war, fügte er an: «Und wenn du nicht bereit wärst für dieses Leben, dass da auf dich wartet, dann wären wir jetzt bestimmt nicht hier. Denn unser Weg hat uns immer im richtigen Moment genau dorthin geführt, wo wir hinmussten. Du wirst das grossartig machen, das weiss ich. Und wenn du je das Gefühl hast, die Welt sei zu viel für dich – dann heb deinen Blick und lass deine Gedanken schweifen. Wer weiss, vielleicht werden sie dich hierhin zurücktragen.

Ich habe dir alles gesagt, was ich über das Leben weiss, Noah, so wie ich es dir versprochen habe. Jetzt bleibt mir nur noch, dir das Beste zu wünschen für deinen eigenen Weg. Dass du auch im Alltäglichen das Abenteuerliche zu finden vermagst, im Banalen das Aussergewöhnliche. Die Poesie des Alltags, erinnerst du dich? Dass du dem Leben vertraust, dem Weg vertraust, dass er dich zur richtigen Zeit an den richtigen Ort führen wird – ganz ohne Ungeduld, und doch voller Neugier und Tatendrang. Jedes Alter hat seine Weisheit, die es zu entdecken gibt. Jedes Alter hat Blüten und Laub, hat Licht und Schatten, Freud und Leid. Es gibt Zeiten voller Fragen und Zeiten mit vielen Antworten. Alles will erfahren werden, gelernt und gesehen, gelebt! Und so kann ich dir, mein lieber Noah, wohl alles über dieses Leben erzählen, dir alle Geheimnisse verraten – und selbst wenn dein Kopf das alles begreifen könnte, so wolltest du doch immer noch selbst leben. Denn das Wichtigste lernt man im Leben nicht mit dem Kopf. Nichts kann deinen Weg ersetzen. Du lebst, um das Leben selbst zu erfahren. In all seinen abertausenden Facetten. Und deshalb war unser gemeinsamer Weg, mein kleiner Freund, wie du selbst gesagt hast, vielleicht wichtiger für mich als für dich. Denn dein Buch ist noch leer. Du öffnest erst die erste Seite und wirst beginnen, deine eigene Geschichte zu schreiben. Mein Buch geht zu Ende und ein gutes Buch geht immer mit weisen Worten zu Ende. Dies ist mein letztes Kapitel, das alles auf den einen Punkt bringt. Ich danke dir von ganzem Herzen dafür, dass du mir dabei geholfen hast, mein Buch zu Ende zu schreiben.»

«Wirst du da sein?», fragte Noah leise.

Edward lächelte sanft.

«Natürlich. Du selbst wirst entscheiden, wie sehr ich präsent sein werde in deinem Leben, mit allem, was ich dir über dieses Abenteuer erzählt habe. Vielleicht wirst du an mich denken, wenn du in den Nachthimmel hochblickst, wenn du Lavendel riechst oder ein Feuer machst. Dann spürst du vielleicht ein zufriedenes Gefühl im Herzen, wie ein Lächeln. Vielleicht gehst du aber auch einen völlig anderen Weg. Du wirst deine ganz eigenen Erfahrungen machen und aus deinen tausenden von Leben auswählen, welches du leben willst. Ich werde immer da sein, wenn du dich an mich und unsere Reise erinnerst.»

Noah sah seinen Gefährten mit traurigen Augen an. Edward nahm den alten Rucksack von seinem Rücken und stellte ihn vor sich auf den Boden. Er kramte ein kleines Säckchen hervor und überreichte es Noah. Der Kleine öffnete es und leerte den Inhalt in seine Hand. Beim Anblick der kleinen Schätze, die sich darin befanden, erhellte ein glückliches Lächeln sein Gesicht und die Erinnerungen an die schönen Momente spiegelten sich in seinen Augen.

Eine Eichel.
Eine Muschel.
Ein Olivenzweig.
Ein flacher runder Stein.
Ein kleines Bündel frischer Lavendelblüten.

Als Noah den Blick hob, glitzerten in seinen Augen immer noch Tränen, doch lag auf seinem Gesicht ein Ausdruck tiefer Dankbarkeit. Schweigend umarmte er seinen alten Weggefährten.

Dann fragte er: «Und wo gehst du jetzt hin?»

Ein friedlicher und doch auch gespannter Ausdruck trat auf Edwards Gesicht.

«Wer weiss, Noah. Wer weiss. Du brauchst dir bestimmt keine Sorgen um mich zu machen. Ich bin der festen Überzeugung, dass ich an einen schönen Ort kommen werde. Ich weiss auch nicht genau, wohin, aber ich bin sicher, dass es mir gut gehen wird. Vielleicht wartet da mein Bruder auf mich und wir können wieder zusammen lachen. Oder ein Lied auf der Gitarre spielen. Vielleicht kann ich Emily wieder in die Arme schliessen. Ich weiss es nicht. Aber es ist auch nicht so wichtig. Denn jetzt beginnt deine Geschichte.»

Einen kurzen Augenblick huschte ein fragender Ausdruck über Noahs Gesicht, doch dann lächelte er sanft. Er verstand.

Mit beiden Händen wischte er sich die Tränen aus den Augen und holte tief Luft.

«Was sagt man in so einem Moment? Lebe wohl?»

Edward fuhr ihm ein letztes Mal liebevoll durch seine Haare.

«Man muss nichts sagen. Im Reden erklären wir uns. Im Schweigen verstehen wir uns.»

Einen Moment blieben die beiden noch stehen. Bis Edward schliesslich das Gefühl hatte, dass Noah bereit war.

«Mach's gut, kleiner Freund», dachte der Alte, und machte einen Schritt zurück. Ihre Blicke trafen sich, und obwohl Noahs Augen immer noch feucht waren und etwas gerötet vom Weinen, war darin die freudige Neugierde zu sehen, die man eben nur in Kinderaugen sehen kann. Die Freude auf das Leben und die Überzeugung, dass es einen abenteuerlichen Weg für einen bereithält.

Und so nahm Edward den Weg nach links, und Noah bog rechts ab. Edward beobachtete Noah aus den Augenwinkeln – er schien noch immer etwas wehmütig und hielt den Beutel mit seinen Schätzen fest in seinen kleinen Händen umschlossen. Doch als der Junge noch einmal zu ihm herüberschaute, erhellte ein Strahlen sein Gesicht, und er winkte ihm zum Abschied.

Am 14. Juli schlief Edward Oliver Buckley friedlich in seinem Bett ein. Es war ein wunderschöner Sommertag, an dem seine Geschichte endete, doch er leuchtete noch viele Jahre in den Herzen der Menschen, die ihn gekannt hatten – und als heller Stern am Nachthimmel.

Am gleichen Tag, nur wenige Stunden später, erblickte der kleine Noah das Licht der Welt, und das Leben begann für ihn. Mit allem, was es ist.

Auf dem Weg

Für meine Eltern, die mir Wurzeln und Flügel geschenkt und mich auf meinen Wegen immer mit bedingungsloser Liebe begleitet haben.

Für meinen Grossvati, den ich unwillkürlich immer vor mir sah, wenn ich von Edward schrieb.

Für die vielen lieben Freundinnen und Freunde, die in all den Jahren meine Texte gelesen und mich immer ermutigt haben weiterzuschreiben.

Für all die Weggefährten, die auf irgendeine Weise Teil dieser Geschichte geworden sind – vielleicht, ohne es zu wissen.

Weitere empfehlenswerte Titel aus dem Neptun Verlag

Gleich weiterlesen!

Andreas Sommer:
Helisee. Der Ruf der Feenkönigin. Ein magischer Roman aus der Schweizer Sagenwelt
2., durchgesehene und korrigierte Auflage. 2024. 530 Seiten, 1 Illustration, 2 Karten, Klappenbroschur

Eine tiefgründige Heimatgeschichte um Macht und Magie, Liebe und Freundschaft, Wunder und Wandlung, welche die überlieferten Sagen und Mythen der alten Schweiz zu neuem Leben erweckt.

"(Alles) außer-gewöhnlich...
...ist der Roman „Helisee“. Es gibt nur wenige Bücher, die mich so faszinieren, dass ich sie mehrmals in meinem Leben lese. „Helisee“ gehört zu diesen Büchern und reiht sich in die Liste fantastischer Werke wie „Die unendliche Geschichte“ oder „Stein und Flöte“ ein."
(Michel Seuret)

ISBN 978 3 85820 354 0